아메리칸 앨리

아메리칸 앨리

초판 1쇄 발행 • 2013년 11월 29일

지은이 • 마린
펴낸이 • 황규관
편집장 • 김영숙
편집부 • 노윤영 윤선미
총무부 • 김은경

펴낸곳 • 도서출판 삶창
출판등록 • 2010년 11월 30일 제2010-000168호
주소 • 121-838 서울시 마포구 서교동 355-22 우암빌딩 4층
전화 • 02-848-3097 팩스 • 02-848-3094
홈페이지 • www.samchang.or.kr

ⓒ 마린, 2013
ISBN 978-89-6655-035-7 03810

아메리칸 앨리

마린 소설집

삶창

| 차례 |

⋯ 스무 살

영주는 한 번도 발설되지 않은 자신의 첫사랑에 애도와 안도라는 상반된 감정을 느끼면서 자취방으로 향하는 골목길을 느릿느릿 걸었다. 머릿속에서 봄꽃들이 사정없이 뚝뚝, 지상으로 낙하하고 있었다.

비닐 팩 겉면엔 다음과 같이 쓰여 있었다.

물의 양을 정확하게 하면 더 맛있습니다.

영주는 설명서대로 물을 계량하여 양은 냄비에 붓고 크림 수프 분말을 넣은 후 눋지 않도록 국자로 저으면서 끓였다. 국물이 걸쭉해진 후 불을 줄이고, 표면에 뽀글뽀글 맺힌 동그란 기포가 퐁퐁 터지는 것을 확인한 후 휴대용 가스버너의 불을 껐다. 지난 밤 귀갓길에 사 온 바게트를 한 옴큼씩 뜯어 스프에 찍어 먹는 것으로 아침 식사를 대신했다. 크림 수프는 고소한 냄새와 달리 비릿한 맛이 났다.

방문 하나를 격한 주인집은 어느덧 한바탕 수선이 가라앉아 조용하다. 주인 여자와 두 아이들은 나간 모양이다. 이제 아홉 시쯤 되면 주인 남자가 귀가할 것이다. 그는 격주로 밤 근무를 한다. 돌아오면 곧장 욕실로 들어가 탁한 가래를 게워 올리고 어푸어푸, 소리도 요란하게 몸을 씻고는 방으로 들어가 잠을 잔다.

"밤엔 가능한 한 열 시 이전에 귀가하고, 외부 사람들 집에 들이는 것은 좀 삼가줬으면 해요. 워낙 험한 세상이라……. 내 집인 듯 물이며 전기도 아껴 써요. 베란다에 수도꼭지가 있으니까 아쉬운 대로 밥도 해 먹고, 세면도 가능할 거예요. 그 돈에 이만하면 궁궐이지, 뭐."

스물댓 평 남짓한 빌라에서 베란다가 딸린 방 한 칸을 세내던 날, 주인 여자가 젠체하며 한 말이었다. 자신의 방이 생기리라던 기대가 어긋났기 때문인지 주인집 딸은 부루퉁하니 성이 나서 건넌방 문을 소리 나게 닫고 들어가버렸다.

주인 남자와 맞닥뜨리는 생경함을 피하려고 영주는 서둘러 집을 나섰다. 골목길은 가풀막이 져서 저절로 걸음이 빨라졌다. 이학기 개학에 맞춰 동생이 전학 올 테고, 그때까지는 이렇게 지내야 했다. 학교 근처 고시원을 둘러본 엄마는 펄쩍 뛰며 난색을 표했다. 세상에! 어떻게 이런 데서 사람이 산다니? 엄마의 눈빛엔 당혹스러움이 역력했다. 격주로 주인 남자와 단둘이 집 안에 남는다는 걸 알면 엄마는 어떤 표정을 지을까? 집안 형편을 아는 이상 어떻게든 버텨볼밖에 다른 방법이 없다고 영주는 단단히 마음을 다잡았다.

영주는 후문에서 도서관까지 가는 몇 가지 길 중에서 숲정이를 끼고 좀 에둘러 가는 길을 택했다. 자취방에서 대학 후문에 이르는 길이 불과 오 분 거리여서 캠퍼스가 내 정원이네, 하며 쾌재를 불렀는데 봄이 오기 전 캠퍼스는 살풍경하기 이를 데 없다. 눈만 들면 어느 방향에서나 산이며 들이 보이고, 여느 집 울타리에나 감나무나 앵두나무 한 그루쯤 문패처럼 서 있는 소읍에서 나고 자란 탓일까. 도시의 불규칙한 스카이라인이라든가, 맑은 날조차도 잿빛을 떨쳐내지 못하는 하늘은 그저 텅 빈 너른 들이라도 눈에 담고 싶은 갈증을 울컥울컥 솟아나게 했다. 갓 겨울 지나 봄맞이 채비가 한창일 숲정이는 통 보잘것없었다. 오랜 겨울 가뭄 탓인지 뿌연 도시의 매연을 제 피부인 양 뒤집어 쓴 떨기나무와 낙엽수들은 눈길을 주기가 거북스러웠다. 앙상한 몸통에 듬성듬성 메마른 삭정이를 매달고 있는 품이, 저것들이 정녕 다시금 연둣빛으로 화사한 변신을 해낼지 의심스러울 지경이었다.

"기필코 장학금을 타야지. 그나저나 아르바이트 자리도 구해야 하는데."

영주는 종내 마음속 근심을 입 밖으로 소리 내어 중얼거리며 콧등에 내려앉은 도수 높은 안경을 밀어 올렸다.

영주는 수능시험이 끝나자마자 운 좋게 아르바이트 자리를 얻었다. 태어나서 가진 첫 일자리였다. 시험이 끝난 것만큼이나 가슴 두근거리는 일이었다. 시험이 끝나자 아이들은 거의 폭동이라도 일으킬 기세였다. 시험을 잘 본 아이들이나 못 본 아이들이

나 차이가 없었다. 학교에서는 수업일수를 채우기 위해 자습을 시키거나 영화를 보여주며 오전 시간을 때우고 하교시켰다. 선생님들은 전에 없이 관대하고 상냥했다. 아이들의 돌발 행동을 어떻게든 억제하려고 애쓰는 기색이 역력했다.

영주는 교복을 입은 채 하굣길에 신축 빌라로 출근했다. 미분양 빌라 분양사무실에서 전화를 받는 게 주 업무였다. 이따금 찾아오는 사람들이 있으면 실장에게 신속하게 연락을 취했다. 분양사무실은 건축이 완료된 빌라 일 층에 있었다. 실장 위에 사장이 있었는데 그는 실장의 아버지였다. 실장은 늘 자리를 비웠고 영주가 전화를 하면 어디선가 나타나곤 했다. 말이 실장이지 건달 같은 느낌이었다. 걸려오는 전화나 찾아오는 사람들은 별로 없었다. 영주는 컵라면이나 김밥 따위로 요기하고 해 질 때까지 책을 읽거나 영어 공부를 했다. 너무 조용한 것 빼고는 나쁘지 않은 일자리였다. 긴 겨울방학이 끝날 때까지 이곳에서 일한다면 학비 마련에 꽤 보탬이 될 듯싶었다. 하지만 그건 영주의 단순한 계산이었다. 남아 있던 빌라가 다 팔린 다음 날 출근해보니 빌라 현관은 굵은 자물쇠로 채워져 있었다. 일을 시작한 지 이십여 일 만이었다. 보수를 받지 못했고 실장은 전화를 받지 않았다. 우여곡절 끝에 사장을 만났다.

"흥, 난 또, 건드린 줄 알았네."

영주의 사정 이야기를 듣고 난 사장의 첫 마디였다. 그는 지갑에서 만 원짜리 지폐 뭉치를 꺼내 그 자리에서 시급을 계산해 봉투에 담지도 않고 건네주었다. 미안하단 말도, 그동안 수고했단 말도 없었다. 뺨을 한 대 맞은 것보다 더 기분이 나빴다. 처음 출근하던 날, 교복 입은 영주를 빤히 바라보던 실장 얼굴이 떠올랐다. 며칠 후엔 실장의 아내란 여자가 나타나 탐색하듯 영주를 아래위로 훑어보던 일도 생각났다. 영주는 그날 처음으로 세상의 민낯을 들여다본 것 같았다.

숲정이가 끝나는 지점에 고만고만한 바윗돌로 테두리를 한 연못이 있고 연못 옆에 노천 무대가 보였다. 지붕 없이 네 귀퉁이에 원통형의 기둥이 하나씩 서 있을 뿐인 콘크리트 무대였다. 그 기둥 밑자락에 아무렇게나 기대고 앉아 있는 한 쌍의 남녀를 발견한 순간, 영주는 흠칫하며 본능적인 경계심으로 걸음이 느려졌다. 이 길은 평상시에도 학생들의 발길이 드문 데다 때는 토요일 이른 아침이었다. 그들의 앉음새가 자못 선정적이어서 영주는 일부러 눈길을 다른 쪽으로 돌렸다. 남자는 기둥에 기댄 채 두 다리를 쭉 펴고 앉아 있었고, 여자는 남자의 불두덩쯤 될 꼭 그 지점에 담쏙 올라앉아 얼굴을 포갠 채 무어라고 나직나직 속삭이고 있었다. 그 정경은 오래된 부부나 연인들의 그것처럼 천연덕스러웠다.

"영주야. 얘, 박영주!"

고개를 외로 돌리고 바삐 그곳을 벗어나려는데 기둥 밑의 여자가 남자 무릎에서 팔짝 뛰어 일어나며 목청을 돋우었다. 영주는 느닷없이 자기 이름이 불리자 가던 길을 돌이켰다. 예휘였다.

"예휘, 너구나. 여기서 뭐해?"

영주는 버릇처럼 안경을 추어올리며 떠름한 표정을 미처 걷어내지 못한 채 두 사람을 번갈아 바라보았다. 처음 보는 남자였다.

"영주 너 벌써 도서관에 가니? 이 맹꽁이 배 좀 봐. 누가 책벌레 아니랄까 봐."

예휘는 영주의 불룩한 가방을 장난스럽게 톡톡 치며 다소 수다스럽게 말했다. 남자는 느릿느릿 기둥에 반쯤 기댄 몸을 일으키더니 땅바닥에 놓여 있던 담뱃갑에서 담배 한 개비를 꺼내 자신이 이미 물고 있던 꽁초로 불을 댕겼다. 중키에 앙바틈하게 바라진 어깨가 한눈에도 다부져 보이는 체격이었다. 청바지 속에 갇힌 허벅지가 터질 듯했다. 완전히 젊은 아널드 슈워제네거네. 예휘가 저런 타입을 좋아한단 말이야? 영주는 다가오는 남자에게 목례를 하며 생각했다. 남자는 무례하다 싶도록 빤히 영주를 바라보기만 했다.

"아는 오빠야. 캠퍼스 구경하고 싶대서."

예휘는 남자에게 영주를 변변히 소개하지도 않은 채 작별 인사 비슷하게 얼버무렸다. 영주는 느닷없는 조우에 얼떨떨한 기분을 가누느라 한참을 땅만 보고 걸었다. 예휘를 알게 된 건 사회과학연구동아리 '소금창고'에서였다. 그녀는 첫 만남에서 자신을 단번에, 그것도 대단히 강렬하게 각인시켰다.

학교 인근 주점 '반천무지'에서 뒤풀이 모임이 있던 날이다. 누군가가 반천무지의 뜻을 묻자, 한 선배가 하늘을 받들고 땅을 어루만진다는 뜻이라고 사자성어의 뜻을 풀이했다. 그 말에 또 다른 누군가가 손으로 하늘을 받들었는데 어떻게 땅을 어루만지느냐고 의문을 제기했다. 말이 끝나기가 무섭게 입은 뒀다 뭣에 쓰게, 하며 한 여학생이 받아쳤다. 그 말이 환기하는 야릇한 느낌 때문에 모두 깔깔거리며 웃었는데, 그 여학생이 예휘였다. 예술적 재능을 유감없이 떨치기를 바라는 염원을 담아 어머니가 지어준 이름이라고 했다. 소박하다 못해 촌스럽게 느껴지는 영주란 이름에 비하면 참 화려한 이름이었다. 양쪽 눈꼬리와 입꼬리가 다 같이 사이좋게 살짝 아래로 처진 데다 양 볼에 광대뼈마저 도드라진 그녀의 첫인상은 웃지 않고 있으면 어딘가 청승맞은 느낌이 들었다. 타인들이 자신을 어떻게 평가하든 상관없다는 자신만만함이 그녀의 분방한 성격과 어우러져 다소 돌출적인 언행을 보였지만 거슬릴 정도는 아니었다. 언행 못지않게 파격적인 것이 옷차림이었다. 얼핏 보면 제각각인 소재들을 나름 멋들어지게 소화하는 감각이 얼굴의 온갖 결점을 상쇄하고도 남아, 인형처럼 예쁘기만 한 여자애들 사이에서 오히려 도드라져 보였다. 천진함과 조숙함, 적나라할 정도의 솔직함과 의뭉스러움 사이의 경계선을 살짝살짝 넘나드는 예휘를 보며 영주는 어쩐지 조금은 불안하고 또 조금은 부럽다는 이질적인 감정을 느끼곤 했다. 두 번째 만난 날 예휘는 그녀다운 방식으로 영주와 친구가 되었다.

"중학교 때 나랑 제일 친했던 아이가 있었는데, 넌 그 애랑 참 많이 닮았어. 그 애도 매사에 무진장 진지했거든. 사실, 넌 너무 심각해. 그래서 네가 맘에 들긴 하지만. 우리 친구하자. 심도 있는 인간관계를 맺어보자, 이 말이지."

영주가 너무 무거웠다면 아마 예휘는 너무 가벼웠다고 할 수 있을 것이다. 이를테면 세상을 바라보는 자세 따위가 말이다. 어쨌든 영주는 달근달근하게 구는 예휘에게 선뜻 마음을 열어버렸다. 그게 누구였든 그럴 수밖에 없었을 것이다. 난생처음 가족과 고향을 떠나 사무치는 외로움을 느끼고 있는데, 누군가가 특별히 자신을 바라보아준다면 그가 누군들 외면하기란 쉽지 않은 일이다.

오전 내내 이 책 저 책, 이 공책 저 공책을 번갈아 뒤적거리다가 설핏 잠이 들었던가 보다. 영주는 입가에 살짝 묻어난 침을 닦으며 고개를 들다 앞자리의 예휘와 눈이 마주쳤다. 그녀는 언젠가부터 바라보고 있었던 듯 엷은 웃음을 지으며 말했다.

"으이그, 침까지 흘리고. 잘하면 코도 골겠던데. 너랑 점심 먹으려고 기다렸잖아. 아직 안 먹었지?"

"어머, 깨우지. 한참 기다렸니?"

영주는 주섬주섬 책가방을 꾸리면서 슬쩍 둘러보았지만 남자는 보이지 않았다.

"한 십 분 정도. 네 덕분에 도서관엘 다 와보네."

그녀는 시장 구경 나온 아이처럼 둘레둘레 둘러보면서 앞서 나갔다. 순두부찌개를 먹으면서 예휘는 어쩐지 평소와 달리 좀 과묵하게 굴었다. 싸운 사람들처럼 내내 숟가락질만 하기가 머쓱하여 영주는 괜스레 하나마나 한 소리를 몇 마디 했다. 커피를 한 잔씩 사 들고 도서관 앞 양지바른 벤치에 자리 잡고 앉아서야 예휘는 선문답하듯 불쑥 한마디 했다.

"영주야, 넌 사랑이 뭐라고 생각하니?"

"사랑?"

영주는 말꼬리를 높이며 무슨 소리냐고 되묻는 눈빛을 지었다. 이 무슨 아닌 밤중에 홍두깨 같은 소린가 싶었다.

"저 노래 말이야."

그러고 보니 아까부터 마당가의 스피커에서 잔잔하게 노랫소리가 흘러나오고 있었다. 존 레논의 〈러브〉였다.

"러브 이즈 필링, 러브 이즈 터치, 러브 이즈 니딩, 어쩌고 하는 저 노랫말 말이야. 넌 그중에 뭐가 제일 맘에 드니?"

느닷없는 질문에 영주는 스피커에서 흘러나오는 노랫말을 중얼중얼 따라 불러보았지만 딱히 무어라고 대답할 말이 떠오르지 않았다. 한 번도 생각해보지 않은 문제였던 데다 구절구절마다 나름대로 그럴싸한 정의란 생각이 들었다.

"난 러브 이즈 프리, 여기가 제일 좋아. 사랑은 자유다, 라는 짧은 문장 속에 들어 있는 풍부한 의미를 생각해봐. 한때는 프리, 하고 발음되는 순간에 오르가슴 같은 전율을 느낀 적도 있었지."

예휘의 말에 영주는, 오르가슴은 너무 과격한 표현인 것 같은데, 하며 웃음을 보였다. 예휘의 눈동자에 반짝, 불이 켜지는 순간이었다. 자신이 감동받은, 혹은 강조하는 대목을 이야기할 때 예휘는 늘 그랬다. 돌연 생기가 돌고, 눈빛은 촉촉해졌다. 그녀가 눈을 빛내며 어떤 이야기를 하면 그 간절한 눈빛 때문에 설득당한다는 다소 억울한 느낌이 들곤 했다. 논리보다 감성으로 상대를 설득하는 특이한 화술을 지니고 있다고 영주는 새삼 생각했다.

도서관 앞 장방형 마당 한가운데에 서 있는 목련 한 그루가 눈에 들어왔다. 이 학교가 생기기 이전부터 그 자리에 서 있었던 게 아닐까 싶게 나무의 위치가 좀 애매했다. 사람들의 통행에 방해가 될 게 분명한 마당 가운데 자리였다. 개화 직전의 목련은 동글게 오므라진 아기의 손 모양이다. 며칠쯤 만개했다가 어느 하루, 땡볕에 보기 싫게 그을린 피부 모양을 하고서 오만 정을 다 떼어놓고 떨어져 내리는 꽃잎들. 영주는 그 철저한 죽음 이후에 돋아나는 푸른 잎이 더 좋았다. 꽃의 시절은 허무하게 짧은

데, 나무가 꽃으로만 기억되는 건 너무 서러운 일이다. 식사 후에 나른해진 영주는 예휘의 질문을 그저 지나가는 소리라고 가볍게 치부해버리고는 자신만의 상념에 빠져 있었다. 묵묵히 앉아 있던 예휘가 입을 열었다.

"나, 우리 동아리에 어떻게 해서 들어오게 됐는지 아니? 사회과학연구회, 사실 나랑은 좀 거리감이 있지. 개강하고 첫 수업이 있던 날이었어. 수업 시간에 임박해서 학생회관 앞을 지나는데 남자 하나가 확 눈에 들어오더라. 영화에서처럼 배경은 다 흐려지고 그 사람만 클로즈업된 것 같은 그런 느낌이었지. 나도 모르게 무작정 그 남자를 따라가고 있더라. 수업이고 뭐고 까마득히 잊고. 그가 동아리 방으로 들어가기에 곧장 따라 들어갔어. 거기가 소금창고더라. 그 남자가 태영 선배고. 누가 그러더라. 태영 선배 조강지처 있으니 탐내지 말라고. 선배가 졸업하면 함께 유학 갈 거래. 당연히 집안끼리도 공인된 사이고. 하지만 그게 사람을 좋아하면 안 되는 이유가 되는 거니?"

영주는 무어라 할 말을 잊은 채 그녀의 처연하게 아래로 처진 얼굴을 새삼스럽게 바라보았다. 언젠가 동아리 방에서 〈닥터 지바고〉가 화제에 올랐던 때가 있었다. 러시아의 공산화 과정에서 부르주아 지식인이 겪은 삶의 역정이다 보니 좀 편향된 시각이 담기지 않았겠느냐고 누군가 말했고, 또 다른 사람은 우리나라도 통일만 되면 시베리아 횡단 열차를 타고 유럽까지 육로로 입

성할 수 있을 텐데, 하며 애석해했다. 그때 예휘가 수수께끼를
내는 아이 같은 어투로 질문을 던졌다.

"닥터 지바고는 아내인 토냐와 애인인 라라 중에서 누구를 더
사랑했을까?"

여자들이라면 한 번쯤은 가져봤을 법한 질문이건만 그 자리의
토론자들은 그게 누군데, 하는 표정으로 일제히 예휘를 바라보
았다.

"남자들이란 본질적으로 이미 소유한 것에 대해서는 연연하지
않잖아. 그러니까 분명히 라라를 더 사랑했을 거야. 속된 말로,
잡은 고기에 먹이 주니?"

예휘는 자신만만했다. 그 자리에 있던 남학생들은 자신들의
본성에 대해 거침없는 정의를 내렸는데도 아무도 반론을 제기하
지 않았다. 그런데 언제 들어왔는지 동아리 회장인 태영이 예휘
를 바라보며 한마디 했다.

"자기가 보고 싶은 것만 보면 반쪽짜리 독서에 불과해. 그것을
경계해야지. 너, 그거 영화 이야기지? 책도 읽었니?"

정식 토론 모임도 아니었고 그저 수다일 뿐이었는데 태영은
어쩐지 예휘에게 가혹한 것 같았다. 예휘 역시 꾸중 듣는 아이처
럼 단박에 다소곳해져서 보는 사람이 오히려 민망했다. 극과 극
은 통한다던데. 영주는 두 사람을 묶은 그림을 떠올리면서 가슴
한쪽이 아릿하게 저려오는 느낌이었다.

"나, 아무래도 태영 선배 만나려고 이 학교에 왔나 봐. 선배와 눈만 마주쳐도 연애를 하고 싶어서 온몸이 다 스멀거려. 근데 말이야, 난 너도 무지 좋다. 정말이야."

예휘는 장난스럽게 영주의 어깨를 감싸 안으며 영주의 얼굴 가까이에 자기 얼굴을 들이밀었다. 그녀에게선 아련하게 박하향이 났다. 식당에서 서비스로 주는 박하사탕을 그녀는 언제나 욕심껏 주머니에 담곤 했다. 영주는 담배 냄새를 지우려고 그러려니 짐작했을 뿐이다.

"어, 나 이런 스킨십 익숙지 않아."

영주는 농담하듯 말하면서도 마음이 쓸쓸해지는 것만은 막을 수 없었다. 그녀가 발음한 '연애'라는 단어는 영주에겐 어쩐지 몹시 생소하면서도 무한한 울림을 주었다. 서울로 온 뒤론 매일매일 장학금, 아르바이트 따위의 단어만 떠올리며 스스로를 다독거려왔는데, 연애라니, 사랑이라니. 영주는 이토록 낯선 감정을 어떻게 다스려야 할지 알 수 없었다.

중간고사를 열흘쯤 앞두고 동아리에서 때늦은 신입생 환영회가 있었다. 독서 동아리여서 그런지 선배들은 신입회원 모집에 한동안 애를 먹었다. 각종 외국어 공부반, 혹은 공채 준비반 같은 실용적인 동아리나 밴드 혹은 댄스 동아리 따위가 인기를 끌었다. 이곳도 빈익빈 부익부였다. 동아리 방에서 간단한 환영식을 한 후 본격적인 행사는 후문 근처 주점에서 이루어졌다. 예휘는 예의 그 고백 이후에도 예전과 다름없이 행동했지만 오히려 영주 쪽이 그녀의 고백으로부터 자유롭지 못한 듯했다. 어느 틈엔가 그녀는 예휘와 태영을 유심히 관찰하고 있는 자신을 발견하곤 했다.

처음엔 사회를 자청하고 나선 총무의 진행이 먹혀들더니 술잔이 몇 바퀴 돌고 나서는 끼리끼리 뒤죽박죽 모임이 되었다. 둘이서만 이마를 맞대고 이야기하는 사람들, 이 자리 저 자리 찾아다니는 사람, 좌중의 소란 위에 악을 쓰며 자신의 말소리를 섞어 넣는 사람. 장마당처럼 두서가 없었다. 영주는 누군가 마셔라, 하고 외칠 때마다 기계적으로 잔을 들어 입에 대었다 떼고는 안주로 나온 음식들을 뒤적거렸다. 영주와 예휘는 나란히 앉았고 태영은 대각선으로 바라다보이는 건너편 좌석을 차지하고 있었다. 간간이 태영의 목소리가 탁자를 건너 들려왔다. 그는 좀 주기가 오른 듯 볼그족족한 낯빛이 되어 일 학년 남학생들과 이야기를 나누고 있었다. 그의 목소리는 평소보다 좀 높았다. 이때 총무가 조용조용, 하며 일어섰다. 그는 수저를 마이크 삼아 목청을 높였다.

"일 학년 중 누군가가 선배들의 환영에 화답하는 의미로 신발주를 마셔야 합니다."

"신발주라니? 그런 전근대적인 문화가 아직도 잔존해 있단 말이야?"

영주는 예휘에게 소곤거렸다. 그때, 객기 충천한 한 남학생이 운동화 하나 가득 따라준 막걸리를 소가 뜨물 들이켜듯 한목에 미셔서 박수를 받았다. 총무는 다음엔 음주에 따른 가무 순서로 여학생 중 하나가 노래든 춤이든 해야 한다며 빚 받으러 온 사람처럼 추근추근 고집을 피웠다. 몇 안 되는 여학생들이 서로 꽁무니를 빼는데, 예휘가 느릿느릿 자리에서 일어섰다. 그녀는 좌중이 좀 조용해지기를 기다리는지, 혹은 부를 노래를 고르는지 잠시 고개를 숙이고 서 있더니 으흠, 하고 목소리를 가다듬었다. 느리고 낮은 소리로 노래를 시작했는데 스펀지에 물이 빨려들 듯 삽시간에 소란이 가라앉았다.

하루 종일 비 내리는 좁은 골목길에
우리 아끼던 음악이 흐르면 잠시라도 행복하죠,
그럴 때면 너무 행복한 눈물이 흐르죠

저음에선 허스키하고 고음에서 맑은 소리를 내는 그녀의 풍부한 성량은 가슴 아픈 이별이 사랑의 환희보다 더욱 아름답다고 귓가에 속삭이는 것 같았다. 그녀에게 붙박인 표정들이 저 애 완전히 가수네, 하고 말하는 듯했다. 영주는 귀로는 예휘의 속삭임을, 눈으로는 태영의 눈빛을 좇았다. 태영의 눈과 귀가 되어 예휘를 바라보았다. 태영은 자신이 누구에게나 공평한 시선을 보내고 있다고 생각하겠지만, 자신은 여전히 너럭바위처럼 단단하다고 믿고 있겠지만, 그의 시선이 예휘를 부드럽게 감싸고 있는 것을, 두 사람의 시선이 가로놓인 탁자 위 어느 공간에서 점화되어 보이지 않는 불꽃을 일으키며 타오르는 것을 영주는 보았다고 느꼈다. 영주는 걷잡을 수 없는 감정에 사로잡혔다. 그녀는 느닷없는 감정의 격랑에 휩쓸려 슬그머니 자리를 박차고 나왔다. 그 질투심이, 태영과 연애하고 싶어 몸이 스멀거린다던 예휘 때문인지, 그녀를 부드럽게 어루만지던 태영의 눈빛 때문인지, 한없이 초라하게만 느껴지는 자신의 스무 살 때문인지, 그도 아니면 자신이 떠난 빈자리를 아무도 기억하지 못할 거란 외로움 때문인지, 스스로에게 설명할 길이 없었다. 언제나 가장 견디기 어려운 존재는 가장 가까운 사람들이라는 새삼스런 깨달음만을 되씹을 뿐이었다.

영주는 집에 돌아오는 길에 골목 입구 편의점에서 소주를 한 병 사서 가방 한구석에 쑤셔 넣었다. 어렸을 적 부엌 찬장 속에서 가끔 소주병을 발견하곤 했다. 그때는 그것이 당연히 아버지 몫이려니 했다. 좀 철이 들고 나서야 그 술의 주인이 엄마란 걸 알았지만 그녀의 그 작은 일탈이 영주는 오히려 다행스럽게 여겨졌다. 고된 농사일에 가사 노동까지, 무능한 아버지를 대신해 엄마는 몸이 부서지도록 일했다. 그런 그녀에게 소주 한잔은 약이었다.

영주는 가지고 있는 그릇 중 가장 큰 대접에 소주를 따랐다. 아직 소주 석 잔 이상 마셔본 적이 없었다. 대접을 칠렁칠렁 넘칠 듯 채우니 소주 한 병이 거반 다 들어갔다.

"자식이 여럿이면 그중엔 꼭 어려운 자식이 있다더니 나한텐 네가 그렇더라. 뭐든 알아서 다 잘하니까 키우면서 너 때문에는 속 한 번 안 썩었다. 먹고살기가 바빠 살뜰하게 챙겨줄 겨를도 없었다마는."

서울로 떠나기 전날 엄마는 모녀간에 애틋함이 없는 것을 이렇게 변명했다.

"엄마, 나도 내가 뭐든 씩씩하게 잘 해나갈 줄 알았어. 아니, 그럴 수 있을 거야. 오늘만, 오늘만이야."

영주는 마치 엄마가 앞에 앉아 있기라도 한 듯 웅얼거리며 대접을 들었다. 주인집 거실에선 텔레비전에 무슨 재미난 이야기라도 나왔는지 왁자하니 웃음소리가 터져 나왔다. 혀와 식도를 지나는 알코올은 예리한 흉기로 곳곳을 난자하듯 찌르르하고 쓰디썼다. 영주는 몸서리를 치며 모로 쓰러졌다.

시험이 끝나고 연이어 축제가 시작되었다. 어디엔가 숨어 있다 일제히 짠, 하고 나타난 듯 봄꽃이 흐드러진 캠퍼스는 서툴게 화장하고 나선 소녀처럼 화사하고 가벼웠다. 꽃그늘 아래 삼삼

오오 혹은 쌍쌍이, 끊임없이 어깨를 툭툭 건드리며 지나치는 무리 속에서 영주는 어색하고, 낯설고, 조금은 울적했다. 일부러 활기차게 걸어보려 해도 그들의 가벼움이 자꾸만 자신을 밀어내는 것 같았다.

축제 기간 내내 캠퍼스 어느 곳에서도 예휘나 태영을 만날 수 없었다. 그들은 꼭꼭 숨어버리고 영주는 하릴없이 잊힌 술래가 된 기분으로 하루에도 몇 번씩 캠퍼스를 서성거렸다. 삼 일째 되는 날 예기치 않게 후문에서 예휘의 아는 오빠라던 남자와 마주쳤다. 얼마나 거기 있었는지, 그는 꽤 지치고 초조해 보였다. 예휘의 행방을 묻는 그에게 영주는 가능한 한 의미심장한 표정을 지으며, 예휘는 월요일부터 학교에 오지 않았고 연락도 안 된다고 필요 이상 자세히 말해주었다. 쏘아보는 그의 눈빛이 섬쩍지근했다. 그날 영주는 모호한 기대와 예감으로 가슴이 두근거려 밤잠을 설쳤다.

축제 마지막 날, 동아리에서 운영하는 간이주점을 나서려는데 불쑥 예휘가 나타났다. 풍성하던 머리채가 싹둑 잘려 얼핏 보면 소년 같은 모습이었다. 그녀는 초조한 기색이 역력했다. 다짜고짜 영주의 손을 악력이 느껴지게 붙잡았다. 예휘는 알은체하는 눈길들을 무시하고 정문 쪽으로 난 길을 잡아 바삐 걸어갔다. 그녀가 이끈 곳은 정문에서 한참 벗어난 빌딩가에 있는 '마리안느'란 이름의 술집이었다. 짙은 자주색으로 통일한 고급스러운 인테리어를 보니 학생들보다는 직장인들이 주 고객인 것처럼 보였다. 예휘는 창가 쪽 소파에 던지듯 몸을 부렸다. 어색해하는 영주에 비해 예휘의 태도는 자연스러웠다. 그녀는 종업원이 가져온 메뉴판을 멍한 시선으로 한참을 들여다보더니 우리 맥주 하자, 괜찮지, 하면서 메뉴판을 옆으로 밀어놓았다. 귀가 드러나도록 짧은 커트 머리가 몹시 낯설어 보였다.

"바빴니? 우리 꽤 오랜만이다. 매일 보다시피 했는데. 너, 소년 같아."

영주는 예휘의 머리 모양을 눈짓으로 가리키며 잠긴 목소리로 말했다. 창밖에선 실내가 보이지 않는지 간혹 지나가며 자신의 매무새를 거울 앞에서처럼 간추리는 사람들이 보였다. 예휘는 덤덤하게 앉아 있다가 주문한 맥주병을 소리 나게 땄다. 잔 두 개를 차례로 채우더니 권하지도 않고 벌컥벌컥 들이켰다. 그녀는 빈 잔을 내려놓으며 입을 열었다.

"실은 정동진에 다녀왔어, 태영 선배랑."

영주는 안경을 추어올리며 예휘의 얼굴을 물끄러미 바라보았다. 허옇게 입술에 잔 거스러미가 생긴 그녀는 초췌해 보였다. 바다와 나란히 달리는 철길. 철로변의 소나무 한 그루. 한 번도 가본 적은 없지만 텔레비전 드라마 때문에 유명해졌다는 바닷가 풍경이 자연스레 머리에 떠올랐다. 어쩐지 그녀에게 이런 고백을 듣게 되리란 것을 이미 예감하고 있었던 듯한 기분이 들었다.

"강원도서 돌아오던 날, 태영 선배를 내 오피스텔로 잡아끌었는데 하필 오빠하고 맞닥뜨렸어."

그녀는 양미간을 찌푸리며 말했다. 오빠? 영주의 머릿속엔 대번에 그 눈씨가 사납던 아널드 슈워제네거가 떠올랐다.

"그 자식 다짜고짜 태영 선배를 개 패듯 무지막지하게 때리더라. 꼭 미친개 날뛰는 것 같았다니까. 섣불리 말렸다간 오히려 덧들일 것 같고. 나 딱 죽고 싶더라. 창문에서 뛰어내릴까, 내가 뛰어내리면 모든 게 끝나지 않을까, 그 순간 별의별 생각이 다 들었는데 결국 아무것도 못 했어. 주방 구석에서 귀를 틀어막고 있는 것 외엔."

예휘는 손에 잡힐 것도 없는 짧은 머리카락을 자꾸만 쓸어내리고 있었다. 그녀는 어느새 오빠를 그 자식이라고 바꿔 부르고 있었지만 그것을 의식하지는 못하는 것 같았다. 영주는 잘됐다고도 안됐다고도 할 수 없는 애매한 심사로 입을 다물고 있었다. 예휘가 두 번째 병의 뚜껑을 따는데 딸랑, 하며 출입문에 매달아 놓은 풍경이 소리를 냈다. 둘의 시선이 반사적으로 그쪽을 향했다. 놀랍게도 들어선 사람은 태영이었다. 한눈에도 그는 취한 듯 보였다. 그는 넓지 않은 실내를 천천히 둘러보더니 영주네 자리로 다가왔다.

"나 좀 앉아도 되니?"

그는 껑충하게 큰 키가 부담스러운 듯 잔뜩 고개를 수그리고 영주를 내려다보며 말했다. 예휘는 미동도 없이 술잔만 내려다보고 있었고, 태영은 영주가 비워준 자리에 주저앉았다. 그는 맞은편에 앉은 예휘를 쏘아보며 유리잔을 입가로 가져가다 말고 말했다.

"너 찾느라 발품 좀 팔았다."

그는 학교 주변의 주점이나 카페를 샅샅이 훑어온 모양이었다. 한데서 등걸잠이라도 잔 사람처럼 머리며 옷차림이 부스스했다. 그때, 그가 입가로 가져간 물 잔이 소리도 없이 깨져 떨어졌다. 자디잔 유리 가루가 흩어지며 그의 입가엔 금세 핏물이 배어났다. 물 잔을 너무 힘주어 깨물어버린 모양이었다. 그는 미처 말릴 사이도 없이 탁자에 떨어진 유리 가루를 맨손으로 탁자 밑으로 쓸어내렸다. 영주는 어떡해, 하며 휴지를 꺼냈고 예휘는 말끄러미 바라보기만 했다. 초조해하던 예휘는 이제 돌처럼 침착해 보였다. 방금 전 죽고 싶다던 그 사람이 아니었다. 영주는 대충 유리 조각을 치우고 나서 먼저 가는 게 좋겠는데, 하며 일어섰다.

"그냥 있어. 너희들 절친이라며?"

그는 시비라도 걸려는 사람처럼 딱딱한 어조였다. 태영은 꿈쩍 않고 출구를 막고 앉았고, 예휘도 그냥 있어달라는 눈짓을 보냈다. 영주는 어찌 되나 두고 보자는 심사가 되어 엉덩이를 의자 깊숙이 밀어 넣었다. 태영은 새로 가져온 잔을 채워 연거푸 마셨다. 그는 점점 불안정해지고, 예휘는 그가 그럴수록 더 침착해지는 것처럼 보였다. 영주는 두 사람의 대치 사이에서 문득 격렬한 피곤과 싫증을 느꼈다. 예휘는 가방 속에서 은색 담배 케이스를 꺼내더니 담배 한 개비를 꺼내 물어 불을 붙였다. 영주는 그녀의 도전적인 태도 때문에 막연한 불안감마저 느끼고 있었다. 그녀의 입과 코에서는 거침없이 연기가 뿜어져 나왔다. 태영은 이젠 초점 없이 멍한 눈으로 예휘가 뱉어내는 담배 연기를 바라보기만 했다. 예휘는 반절 가까이 피운 담배를 맥주병에 담가 끄며 말했다.

"선배, 솔직히 우리 순애보는 아니잖아. 처음부터 우리한테 미래 같은 건 없었어. 적어도 선배는 그렇지 않았어? 갚아야 할 빚 따위는 더더욱 없다고 봐, 피차간에."

그게 아니라고 태영 선배가 말해주기를 바라는 만큼, 그 바람이 크면 클수록 예휘의 어조는 더 싸늘한 거라고 영주는 생각했다. 태영은 끝내 부정도 긍정도 하지 않았다. 예휘의 말을 부정하려면 이제껏 만들어온 자신의 계획표도 부정해야 할 것이고, 그녀의 말에 동의하자니 자신이 무책임한 인간임을 인정해야 할 터였다. 예휘는 입술을 잘근잘근 씹으며 창밖을 바라보다가 돌연히 일어나서 나가버렸다. 처음엔 화장실에 갔으려니 했는데 그녀는 끝끝내 돌아오지 않았다.

태영은 가방을 팽개쳐둔 채 앞서 나갔다. 영주는 큰 가방 두

개를 양어깨에 걸머진 채 그의 뒤를 따랐다. 가로등 불빛이 저녁 어스름과 섞여 아직 제 역할을 다하지 못하는 시간이었다. 정문을 지나 후문까지 오는 동안 영주는 내내 그의 뒷모습밖에는 볼 수 없었다. 누군가 보도블록 위에 내용물도 적나라하게 토악질해놓은 것을 태영은 아무렇지도 않게 밟고 지나갔다. 영주는 자신의 눈앞에서 벌어진 파탄에 모호한 부끄러움을 느꼈다. 비칠거리며 앞서 가던 태영이 하필 우체통 각진 모서리에 기대듯 주저앉아버렸다. 그는 처음 나타났을 때보다 더 취해 보였다. 그만 집에 가라고 여러 번 말했지만 그에겐 아무 소리도 들리지 않는 것 같았다.

"흥, 오빠? 무남독녀 외딸이, 오빠라고? 날 기만했어. 어리디어린 계집애가. 넌 다 알고 있었지? 너, 어디 말 좀 해봐라."

선배는 거부보다는 긍정과 격려의 시선에 보다 익숙할 터였다. 그는 처음으로 마주한 낯선 상황을 어떻게 수습해야 할지 모르는 것 같았다. 보상과 복수와 위로를 바라고 있었으나 그 대상을 제대로 찾아낼 힘이 없어 보였다.

"선배, 제가 아는 건, 예휘가 진심으로 선배를 좋아했다는 거예요."

"진심? 그 따위 계집애가 진심이 뭔 줄 알기나 해? 사람을 함정에 빠뜨리다니. 내가 미쳤지."

그의 넋두리는 어딘가 아버지의 자기 연민에 가득 찬 술주정과 흡사하다고 영주는 생각했다. 영주는 느닷없이 참기 어려운 뼛성이 나서 태영의 가방을 그의 옆에 던지듯 내려놓고 돌아섰다. 순간 태영은 누군가 양 겨드랑이에 팔을 끼워 번쩍 들어 올려 주기라도 한 듯 용수철처럼 튀어 일어나더니 가방을 들어 영주의 등짝을 후려쳤다. 그 서슬에 가방끈이 끊어지면서 가방은 차도 한가운데로 내팽개쳐졌다.

"너희들은 똑같아! 결정적 순간엔 도망을 쳐버리지."

그러고서 태영은 자신이 휘두른 폭력에 놀라 악을 쓰며 말했다. 호기심 어린 눈길들이 있긴 했지만 못 봐줄 정도로 살벌한 풍경은 아니었던지 연인들의 격정적 다툼쯤으로 치부해버리는 듯했다. 영주는 그 바람에 얼굴에서 떨어져 나간 안경을 찾느라 허둥거렸다. 머릿속은 방전된 배터리처럼 깜깜했다. 태영은 예기치 않은 발양 상태가 가라앉자 우체통 옆에 주저앉았다. 그는 던져진 가방과, 그 가방에서 배설물처럼 쏟아져 나온 소지품들을 처음 보는 물건처럼 망연히 바라보고 있었다. 자신이 무슨 짓을 했는지 미처 이해하지 못한 듯 어리둥절한 표정이었다. 영주는 갑자기 격심한 욕지기와 웃음이 묶어치밀어 올라 제자리에서 무릎을 꺾고 꺽꺽거리며 뭔가를 게워 올렸다. 마음속에선 웃음이 치솟는데, 마음을 배반하듯 눈엔 눈물이 고였다.

영주는 한 번도 발설되지 않은 자신의 첫사랑에 애도와 안도라는 상반된 감정을 느끼면서 자취방으로 향하는 골목길을 느릿

느릿 걸었다. 머릿속에서 봄꽃들이 사정없이 뚝뚝, 지상으로 낙
하하고 있었다. 엄청난 일을 치르고 난 뒤처럼 피로했다. 지금은
집에 돌아가 쉬는 것 외엔 아무것도 더는 생각하고 싶지 않았다.

··· 나쁜 꿈

양복을 반듯하게 차려입은 남자들이 몇 번 에밀을 찾아왔다.

에밀의 소식이 궁금하기는 나 역시 마찬가지다.

대체 여기서도 살 수 없는 사람들은 어디로 가는 것일까 아파트 화단에 아버지가 누워 있어요. 비도 오지 않는데 판초 우의를 입다니요. 찢어진 판초 사이로 피가 보여요. 붉디붉은 피. 미안합니다. 미안합니다. 아버지, 뭐가 그리 미안해요? 화단의 나무들이 꺾여서요? 화단에 핏물이 흐르게 해서요? 판초 때문에 화단은 더러워지지 않았어요. 아니, 아니에요. 아버지의 피는 조금도 더럽지 않아요. 그저 좀 무서울 뿐이죠. 눈을 떠요, 아버지. 어서요. 우리, 행복한 왕자 이야기를 해요, 아버지. 눈물은 흘리지 말고요, 바보같이. 그건 그저 동화일 뿐이잖아요. 아이들에게 꿈과 환상을 심어준다고 믿으면서 무조건 읽기를 바라는 그런 동화 말이에요. 사실은 아무도 믿지 않죠. 어른들도 아이들도. 나는 어느 쪽이든, 아버지와 반대로 말할 거예요. 그래야 토론이 되는 법이니까. 만일 아버지가, 행복한 왕자는 자기 몸의 보석을 모두 떼어내서라도 가난한 이들을 돕는 것이 옳다고 말한다면, 나는 분명히, 그건 소용없는 일이라고 말할 거예요. 왕자의 보석으로 세상의 가난을 구할 수는 없다고. 그저 잠시 배고픔을 면할 뿐이라고. 도시는 아름다운 동상을 잃게 될 거고, 사람들의 마음은 더 쓸쓸해지고, 도시엔 찬바람만 불게 될 거라고. 아버지, 어서 일어나요. 제발, 미안하다고 말하지 말아요. 이건 꿈이에요. 나쁜 꿈이에요. 하지만 꿈이니 깨면 돼요. 깨기만 하면 돼요.

아버지, 아버지, 소리쳤지만 도무지 목소리가 나오지 않았다. 어디선가 웅얼거리는 듯한 말소리가 들렸다. 나는 번쩍, 눈을 떴다. 온통 밭고랑 같은 주름살로 뒤덮인 노인의 얼굴이 먼저 내 눈에 들어왔고, 그 뒤로 눈을 크게 치켜뜬 엄마의 얼굴이 보였다. 나는 잠에서 헤어나지 못하는 척 다시 눈을 감아버렸다.

"휑하니 창문이 열려 있길래 들어와 보니 얘가 이렇게 쓰러져 자고 있지 뭐야. 노인들이 돌아가면 보일러도 꺼버리니까 꽤 추웠을 텐데. 이불은 있는데 꺼내 덮지도 않았더군."

노인은 낡은 선풍기가 돌아가는 것 같은 탁한 목소리로 띄엄띄엄 말했다. 나는 다시 까무룩 잠에 빠져들었다.

아버지는 최근 부쩍 눈물이 흔해졌다. 아버지의 눈물을 보는 일이 아들로서 얼마나 난처한 일인지 아버지는 모르는 것일까? 그게 아니라면 최소한의 자존심을 돌아볼 여유마저 사라져버린 건지도 모른다. 예전엔 술에 취하면 이따금 눈물을 보이곤 했는데 이젠 알코올 없이도 그 일이 가능해졌다는 게 변화라면 변화다. 아버지는 옛날 사진이 들어 있는 가족 앨범을 보다가도 훌쩍거렸고, 모로 드러누워 텔레비전을 보는가 싶으면 어느새 여자처럼 어깨를 추썩거리며 울음을 터뜨리곤 했다. 나중엔 나와 눈만 마주쳐도 눈가가 금세 붉그레해지며 눈물이 볼을 타고 흘러내렸다. 아버지가 보고 있는 게 무엇이기에 눈물 바람인가, 궁금해서 들여다보면 고작해야 볕 좋은 날의 가족 나들이 사진이거나, 가족이 피치 못할 사정으로 헤어졌다 다시 만나거나 하는 따위의 유치한 드라마이기 일쑤였다. 옛날 사진 속 우리 가족은 네식구 모두 모여 있었고 행복에 겨운 듯 웃고 있긴 했다. 그때 눈치챘어야 했다. 하긴, 눈치챘다 한들 내가 무엇을 할 수 있었을까?

아버지는 볕이 드는 베란다에 앉아서 몇 시간째 책을 읽는다. 전기가 끊겨 텔레비전을 볼 수 없게 되고부터 독서는 아버지의 유일한 취미 생활이 되었다. 집에 있는 책이래야 누나와 나의 교과서를 빼면 어릴 때 읽던 동화책들이 전부다. 아버지는 그 시시한 책들을 수험생처럼 열심히 읽는다. 햇볕은 좁다란 베란다를 한가득 채웠다가 한 뼘씩 뒷걸음질을 시작한다. 아버지는 볕이 이동하는 자리를 따라 무릎걸음으로 옮겨 앉는다. 나는 그런 아버지를 보다 못해, 시립 도서관에 가면 아버지가 볼 만한 책이 좀 있을 거라고 말해준다. 아버지는 매번 처음 듣는 말인 것처럼, 그건 공짜냐, 한마디 묻고는 그만이다. 나 역시 아버지의 도서관행을 거듭 권하지는 않는다. 아버지처럼 심하게 기침을 해대는 사람이 도서관 같은 곳에 가는 건 좀 문제가 될는지도 모르겠다는 생각이 뒤미처 든 까닭이다. 한번 터지면 십 분 이상 계속되는 기침을 다른 사람들이 참아줄 것 같지는 않으니 말이다. 지금보다 어렸을 땐 아버지가 집에서 하루 종일 나와 놀아주었으면 하고 바랐던 적도 있었다. 막상 아버지가 집에만 있게 되고 보니 어쩐지 내가 아버지 친구를 해줘야 할 것만 같은 기분이 든다. 그렇게 작아진 아버지가 나는 싫기도 하고 슬프기도 하다. 어쨌든 이제 아버지에게 남아도는 것은 시간뿐이니 동화책을 읽는 것도 그리 나쁘진 않을 것이다.

갓 지은 밥과 따끈한 국, 살코기가 먹음직스런 갈비찜, 참기름 냄새가 고소한 시금치나물, 노릇하게 구운 굴비. 내가 좋아하는 음식들이 차례로 등장한다.

"난 음, 그러니까, 행복한 왕자의 선택에 반대한다. 넌 어떠니?"

잠긴 목소리로 아버지가 묻는다. 나는 이불을 목까지 끌어 덮고 두 눈을 감은 채 상상 속에서 푸짐한 식탁을 차리는 중이었다. 이제 막 맛을 볼 참인데 아버지가 불쑥 끼어든 것이다. 아버지가 아직도 두 손으로 감싸 쥐고 있는 책은 내가 어릴 때 여러 번 읽은 『행복한 왕자』다. 겉표지는 오래전에 떨어져 나갔지만 낡아서 너덜거리는 첫 장만 봐도 책 제목을 금방 알아맞힐 수 있다. 아버지의 눈가엔 또 눈물이 차오르는 중이다. 고개만 돌려도 후드득 떨어져 내릴 것처럼 아슬아슬해 보인다. 고작 그까짓 동화를 읽고 울다니, 나는 한심해서 말도 하고 싶지 않다.

"왕자는 영원히 행복한 왕자로 남아 있어줘야지, 그것마저 가난에 내줘버리면 세상이 너무 삭막하잖니?"

아버지는 왕자의 희생이 가슴 아픈 모양이다. 도대체 그것이 어떻단 말인가? 나는 좀 짜증이 나서 쏘아붙인다.

"아버진 바보같이. 그건 그냥 동화야. 이 세상에 그런 마음 착한 왕자는 없다고. 만약 있다면 잘한 일이지, 뭐. 당장 배고픈 사람들한테 황금 조각상이 다 무슨 소용이야?"

마침내 아버지의 눈에서 눈물 한 방울이 똑 떨어진다. 그것은 완전한 구형을 고스란히 간직한 채 고요히 방바닥에 떨어져 부서진다. 왕자의 사파이어 눈알처럼 반짝이는 눈물. 아버지의 것 중 아직 저렇게 빛나는 것이 있었나. 나는 새삼 놀란다. 나는 아버지와 마주 보고 있기가 갑갑해서 슬그머니 집을 나와버린다.

먹을 게 없기는 우리 집이나 에밀의 집이나 막상막하다. 음식 냄새를 향해 민감하게 열려 있는 내 후각은 에밀의 집에서 마른 먼지 냄새와 오래도록 세탁하지 않은 빨랫감 냄새, 그리고 에밀의 땀 냄새 따위를 맡는다. 이 집에서 음식이 조리되지 않은 지 오래됐다는 것도 눈치챌 수 있다. 아줌마가 있을 때는 집 안에 언제나 먹을 만한 뭔가가 있었다. 아줌마는 모조진주나 갖가지 구슬 조각 따위를 줄에 꿰고 있다가도 내가 가면, 우리 떡볶이 해먹을까, 하며 일손을 놓곤 했다.

짐 더미 한가운데 주저앉아 있던 에밀은 내가 인기척을 내자 그제야 돌아본다. 집 안은 이사 가는 날 풍경처럼 어수선하다. 이렇다 할 가구가 없어 집 안 곳곳에 아무렇게나 쌓여 있던 가재도구나 옷이며 책들은 전시라도 하듯 방바닥에 펼쳐져 있다. 짐 더미에 둘러싸인 에밀은 무덤덤한 표정이다. 요즘 그는 밤새도록 불을 끄지 않는다. 새벽에 집을 나서다 보면 그의 집 창으로는 여위어가는 불빛이 새어 나오고 사개가 맞지 않는 현관문 틈으로 신발짝이 보이곤 했다.

"꼭 필요한 것만 골라내고 나머진 재활용 센터에 보낼 거야. 그런데 그게 쉽지 않네. 잘 왔다. 너한테 부탁할 게 좀 있거든. 가만 있자, 담배가 어디 있더라?"

그는 한숨 돌리려는 듯 허리를 편다. 담배와 라이터는 그가 책을 담고 있는 종이 상자 옆에 있다. 그는 몇 번이나 주변을 휘둘러보면서도 그것을 쉽게 찾아내지 못한다. 나는 담뱃갑과 라이터를 슬그머니 그의 손에 쥐여준다. 그는 담배 한 개비를 꺼내 입에 물고 라이터를 켜면서 짐 더미를 헤치고 주방 쪽으로 간다. 이번엔 싱크대 서랍에서 서너 개의 서류 봉투를 꺼내 들고 다시 널린 물건들을 이리저리 발로 건드리며 돌아온다. 그는 마치 수영하는 사람을 연기하는 마임 배우처럼 보인다.

"나, 여행 간다. 진짜 세상을 보러 갈 거다. 그래서 말인데, 네 생각이 제일 먼저 나더라."

진짜 세상이라니요? 나는 되물으려다가 그만둔다. 그는 누런 서류 봉투 세 개를 내민다. 각 봉투엔 검은색 매직펜으로 또박또박 눌러쓴 주소가 적혀 있다. 봉투들은 제법 묵직해 보인다.

"우선 이 시나리오 좀 우체국에 가서 부쳐주렴. 그리고 내가 떠난 후에 우리 집으로 오는 우편물이 보이면 무조건 반송함에 넣어줘. 부탁할게."

그는 내 어깨에 두 손을 올린 채 다소 딱딱한 어조로 말한다. 진지한 이야기를 할 때면 갑자기 딱딱해지는 건 그의 버릇이다. 나는 그렇게 말할 때의 그를 좋아한다. 어쩐지 내가 친구 대접을 받는 느낌이 들기 때문이다. 나는 그가 건네준 우편물들을 챙겨 일어선다.

"잠깐, 잠시만 기다려라.

봉투들을 챙겨 나가려는데 에밀이 나를 불러 세운다. 그는 짐을 꾸리던 상자 속에서 무언가를 꺼내 내민다.

"자, 이것도 받아라. 선물이다."

그것은 내 두 손안에 담쏙 들어갈 만큼 아담한 구형 카메라다.

"보통, 사람들은 행복하고 기쁜 일을 영원히 간직하기 위해 사진을 찍지만 음, 넌 네게 고통이 되는 것, 너를 아프게 하는 것들을 여기에 담아봐라. 때론 고통도 힘이 된다. 어린 너에게 할 말이 아닐지도 모르겠다만 언젠가 이 말을 이해할 날이 올 거다."

그는 다시 담배를 피워 문다. 그건 이만 볼 일이 끝났다는 뜻이다. 나는 갑자기 받은 선물과 봉투들을 가슴에 안은 채 그의 집을 나선다. 매일 밤 그를 잠 못 들게 하던 것. 아줌마를 못 견디게 만들던 것. 나는 어쩐지 영화야말로 그에게 고통이 될지도 모른다는 생각이 든다. 아줌마가 떠났어도 그는 영화를 떠날 수 없었으니까. 가장 좋아하는 것이 고통의 근원이 된다는 것, 거기서부터 불행이 시작되는지도 모르겠다. 고통받지 않으려면 아무 것도 좋아하지 말 것. 결론은 이건가? 나는 꽤 심각하다.

에밀은 영화 이야기를 할 때면 신바람이 났다. 그건 그가 영화에 미쳐 있다는 뜻이다. 멋진 영화를 만드는 게 그의 소원이라는 것쯤은 그와 한 시간만 이야기를 해보면 누구라도 알 수 있다. 하지만 그것 때문에 아줌마는 그를 떠났다. 그가 시시콜콜한 말은 안 하지만 그쯤은 나도 안다. 게임에 미친 녀석들은 입만 벌렸다 하면 게임 이야기뿐이고, 시험 점수에 미친 녀석들은 자나 깨나 그 이야기뿐이니까. 그가 '튜블러 비전(망막색소변성증)'이란 진단을 받았을 때, 아줌마는 손가락 끝이 짓무르도록 꿰던 구슬 목걸이의 줄을 스스로 하나하나 끊어버렸다. 대학로 근처에서 손수 만든 액세서리를 내다 팔던 좌판에도 먼지만 쌓여갔다.

아버지가 집에만 있게 되자 엄마의 한숨과 고함 소리가 점점 커지다가 마침내 집을 나간 것과 비슷했다.

나는 복도에 멈춰 서서 한쪽 눈을 감고 나머지 한 눈은 손가락으로 가리되 콩알만큼의 시야를 틔운다. 좁은 시야 속에서 풍경은 흐릿해지고 금세 걸음걸이마저 흐트러진다. 에밀은 점점 시야가 좁아진다고 했다. 영화관의 화면만 하다가, 창문만큼만 보이고 교과서만 해지고 주민등록증 크기가 되었다가 마침내 암전. 지금 에밀의 눈은 어디만큼 와 있는 것일까? 나는 에밀에게 닥친 일들을 할 수만 있다면 막아주고 싶다. 하지만 언제나 그렇듯 열네 살 소년으로선 아무것도 할 수가 없다. 아니, 무엇을 해야 할지조차 모른다.

나는 학교에선 가르쳐주지 않는 많은 것들을 에밀을 통해 배웠다. 로맹 가리, 포스코 시니발디, 샤탕 보가트, 에밀 아자르. 이들이 모두 동일 인물이라는 것을 아는 사람들은 별로 없다. 그가 에밀이란 이름을 가장 마음에 들어 했기 때문에 나는 그를 에밀이라 불러준다. 내가 해줄 수 있는 일이란 고작 마음에 들어 하는 애칭을 붙여주는 정도일 뿐이다.

십일월에 들어서면서 밤은 서둘러 찾아오고 아침은 늑장을 부리며 더디 온다. 해가 기울었나 싶으면 어느새 밤이다. 어둠에 잠긴 집은 깊은 물속에 가라앉은 폐선처럼 쓸쓸하고 우울하다. 어두워지는 집 안에 누워 있으면 건물의 숨소리를 들을 수 있다.

배수관을 타고 내리는 물소리, 윗집에서 성큼성큼 걷는 어른의 발소리, 공이 튀듯 내달리는 아이의 달음박질 소리, 집이 편두통을 앓는 것 같은 마늘 빻는 소리. 단지 조명이 사라졌을 뿐인데 집은 콘서트홀처럼 온갖 소리들을 흡수한다. 무엇보다 견디기 어려운 것은 초저녁에 환풍기를 타고 오르는 음식 냄새들이다. 김치찌개에 큼직큼직 들어간 돼지고기 익는 냄새나 된장찌개 따위의 익숙한 냄새부터 이름을 알 수 없는 생선 굽는 냄새나 뭔가 구수하게 익어가는 냄새들이 스며든다. 내 배 속은 공명통처럼 애끓는 소리로 응답한다. 밤이 깊어지면 냄새도 바뀐다. 젖은 빨래 냄새, 오래된 건물의 곰팡내, 그보다 진한 지린내.

도시의 어둠은 불순해. 어둠 속에 누우면 나는 비로소 에밀이 자주 하던 말을 이해할 것 같은 기분이 든다. 어딘가에서 스며든 조명 때문에 도시의 어둠은 검정색에 회색이나 푸른색을 풀어 넣은 것처럼 탁하다. 에밀이 밤새 불을 *끄지* 않는 건 다가오는 암흑을 밀어내려는 안간힘인지도 모른다. 누런 봉투 속의 원고들은 그의 희망이 되어줄까? 나는 감고 있던 눈을 떠 천장을 바라본다. 단전이 되기 전까지 내 방 좁다란 천장은 밤에 전등을 끄면 연둣빛 별들로 빛나곤 했다. 처음 이 집에 이사 왔을 때 아버지가 야광 별자리를 사다가 붙여준 것이다. 카시오페이아, 북두칠성, 큰곰자리, 은하수, 그리고 이름 없는 뭇별들. 누나는 밤마다 불을 끄면 그제야 빛을 발하는 별들을 보면서 판타스틱, 하고 외치곤 했다. 지금은 접착력이 사라진 별들이 차례로 떨어져 내려 별자리가 제 모양을 잃었다. 집 안에 불빛이 없으니 별빛도 사라졌다. 나는 다시 눈을 감고 사라진 별자리를 머릿속에서 완성시킨다.

안방의 아버지가 돌아눕는다. 아버지는 밤새 몸을 이리저리 뒤척인다. 누나는 친구 집으로 간다며 집을 나갔다. 누나는 여자라서 물이 안 나오는 집에서 지내기가 더 힘들었을 것이다. 먹통이 되어버린 전화기나 텔레비전에는 오래지 않아 익숙해졌다. 하지만 아직도 새벽녘에 오줌이 마려우면 소변을 보고 나서 습관적으로 변기의 밸브를 돌린다. 밸브에 힘이 실리지 않으면 잠결에도 아차, 한다. 이 어둠은 완전히 잠들 수도 온전히 깨어 있을 수도 없게 한다. 나중엔 내가 깨어 있는 건지 잠든 건지 분간이 안 된다.

저녁 무렵 관리사무실에서 직원이 찾아왔을 때 아버지는 나가보지도 못했다. 직원이 돌아갈 때까지 나를 부둥켜안고 숨을 죽인 채 기다렸다. 마치 게슈타포를 피해 비밀 방에 숨어 있는 유태인 같았다. 전기고 수도고 다 끊겼는데 뭐가 두렵다고 죄인처럼 숨어 있는지 내 속이 더 탔다. 직원은 빈집이 아니란 걸 다 안다는 듯이 몇 번이고 주먹으로 문을 두드렸다. 아버지는 내 손을 놓치면 죽기라도 할 것처럼 억세게 부여잡고 놓지 않았다. 아버지 손바닥은 식은땀으로 끈적끈적했다. 아버지는 터져 나오려는 기침을 참으려고 얼굴이 새빨개지도록 안간힘을 썼다. 아버지의 빨라진 심장박동이 손끝을 타고 내게로 전해졌다. 저러다 숨이 멈춰버리지나 않을까, 내 간이 다 졸아드는 것 같았다. 관리사무실 직원이 돌아가는 기척이 들리자마자 나는 아버지의 땀 찬 손을 야멸치게 뿌리쳤다. 차라리 죽는 게 나아. 내 방으로 돌아가며 나는 비난하듯 내뱉었다.

비닐 바스락거리는 소리가 난다. 아버지는 시골 노인처럼 곰방대에 담배 가루를 꼭꼭 밀어 넣은 후 담배 가루가 든 비닐봉투를 꼼꼼히 묶고 있을 것이다. 라이터 불빛이 사라지자마자 담배 냄새가 금방 코끝에 스친다. 아버지는 처음에는 신문지에 담배 가루를 말아 피우다가 앞 머리카락을 태운 후 어디선가 저 곰방대를 찾아냈다. 경주 관광 기념이라고 써 있는 걸 보면 누나가 중학교 수학여행 때 사 온 거지 싶다. 아버지는 또 기침이 시작됐다. 담배가 아버지의 기침을 더 악화시키는 모양이다. 이제, 이거 주워 오지 마라, 그래놓고 아버지는 다시 담배 주머니를 뒤진다.

나는 요즘 동이 트자마자 집을 나선다. 어차피 학교에 가서 세수를 해야 하지만 그것보다 화장실이 급해서 게으름을 피울 수 없다. 그때 아버지도 물통을 들고 약수터로 간다. 요즘 아버지의 유일한 외출이다. 아버지는 부득이 외출해야 할 일이 있을 때면 관리사무실 직원과 맞닥뜨릴 것을 우려해 새벽이나 한밤중을 택한다. 에밀의 집 앞을 지나가는데 오늘은 어쩐 일인지 불이 꺼져 있다. 나는 엘리베이터를 타지 않고 계단을 이용한다. 아파트 현관을 나설 때는 현관 옆의 게시판을 보지 않으려고 쏜살같이 뛰어 나간다. 게시판에 허옇게 나붙은 종이를 보지 않아도 알 수 있다. 관리비 체납 세대의 명단. 일 개월, 이 개월, 삼 개월 이상. 각각에는 동 호수가 기록되어 있다. 삼 개월 이상 연체 시 단전, 단수 조치함. 이 부분은 위협하듯 붉은색 펜으로 써 있다. 명단의 길이가 도무지 줄어들지 않는다는 게 그나마 위안이 된다. 벌서는 것도 혼자보다는 여럿일 때 견디기가 좀 나을 테니까.

재수 없는 날이다. 생활주임 선생의 불심검문에 걸리고 말았다. 그 탓에 점심은 굶어야 했다. 선생은 점심시간 내내 교무실 앞에서 담배꽁초를 물고 있는 벌을 서게 했다. 벌서는 것은 그렇다 쳐도 급식 시간을 놓치게 한 것은 정말 비열한 짓이다. 나는 밥을 굶기는 것이 몇 대 때리는 것보다 훨씬 더 폭력적이라고 생각한다.

"담배가 그렇게 좋아? 콩알만 한 자식이. 가방 속에 이 꽁초 봐라. 넌 자식아, 담배를 피웠으면 버려야지, 이것도 재활용하려고 모아갖고 다니냐?"

선생은 비닐 봉투에 모아놓은 담배꽁초를 하나씩 내 얼굴에 집어던지며 빈정거렸다. 선생은 우리들이 신입 병사라도 된다는 듯 군기 잡기에 혈안이 되어 있다. 신입생은 신입이므로 초장에 잡아야 하고, 이 학년은 군기가 빠져가니 더욱 다잡아야 하며, 삼 학년은 고등학교에 가서 모교 망신시키지 않으려면 단단히 정신교육을 받고 졸업해야 한다는 식이다. 폭력을 행사하거나 기합 주기가 여의치 않으면 빈정거린다. 선생이 성장기에 담배는 몸에 해롭다는 식의 고전적인 충고를 했더라면, 나는 일부러라도 미안한 표정을 지어 보였을 것이다. 다행히 선생은 꽁초들이 제각기 다른 상표라는 것은 알아채지 못했다. 꽁초를 주웠다는 것을 선생이 눈치챈다면. 나는 그 생각만으로도 견딜 수 없다. 내게 남은 거라곤 사실 자존심밖엔 없다. 아무도 알아주지 않는다 해도 그건 내게 꽤 중요한 일이다. 그래서 나는 벌서는 내내 의연한 표정을 유지했다. 반 녀석들의 반응은 대체로 무관심한 쪽이다. 녀석들의 관심사란 시험 성적 아니면 컴퓨터 게임 정도다. 모였다 하면 메이플스토리가 어쩌고, 카트라이더가 어쩌고 하면서 끝도 없이 떠들어댄다. 나 역시 그런 녀석들에게 별 관심 없다.

아침과 점심 두 끼를 건너뛰고 나니 눈에 헛것이 보일 지경이다. 겨울 들면서 거리에 나온 붕어빵 수레나 김이 설설 나는 어묵 포장마차부터 눈에 들어온다. 바삭한 껍질을 베어 물면 어김없이 달콤한 단팥이 흘러나오는 붕어빵을 나는 단호하게 외면한다. 그래도 유혹은 길거리 곳곳에 널려 있다. 학교 앞에는 왜 떡볶이나 순대, 튀김 따위를 파는 분식점들이 줄줄이 늘어서 있는

지. 단무지나 햄이 손가락 길이만큼 비어져 나온 김밥은 어떻고. 편의점 통유리 안에는 같은 반 녀석들 몇이 컵라면을 홀짝거리는 게 보인다. 녀석들은 컵라면이나 햄버거나 토스트 따위의 간식을 먹고 어슬렁거리며 학원으로 몰려간다. 온 도시가 거대한 음식 전시장이다. 제 손이 닿지 않아 따 먹을 수 없는 포도를 신 포도일 것이라 위안하는 여우처럼, 나는 저 음식들이 불량식품일 거라고 되된다. 길가에서 하루 종일 먼지를 뒤집어썼으니 눈에 병균이 보이지만 않을 뿐이지, 불결한 음식일 거라고.

나는 땅만 내려다보며 걷는다. 혹시 운이 좋으면 돈을 줍게 될는지도 모른다. 언젠가 절반이 찢겨나간 만 원짜리를 주운 적이 있다. 은행에 가져갔더니 오천 원짜리로 바꿔주었다. 그런 횡재가 자주 생기는 일은 아니지만 미련을 버리지 못한다.

친구 집에 있다는 누나는 사실은 사거리 주유소에 나간다. 누나를 찾아가볼까 잠깐 망설인다. 어차피 딱히 할 일도 없다. 누나는 요즘 학교에 나가지 않는 눈치다.

"수업료도 안 내고 꾸역꾸역 나오는 걸 학교에서 좋아할 줄 알아? 눈앞에서 사라져주면 차라리 후련해할걸?"

그래도 학교엔 가야 하지 않느냐는 내 말에 누나가 한 대답이었다.

"너, 아버지한테는 말하지 마라. 돈 벌어서 학교도 다시 가고, 기획사에도 찾아갈 거야. 일단 광고 전단지 모델이나 의류나 미용 잡지 모델부터 시작하는 거야. 심은하도 처음엔 노래방에 나오는 뮤직비디오 모델이었대."

그렇게 말하는 누나의 손톱 밑이 기름때로 새카맸다. 누나는 올봄 대학로에 갔다가 연예기획사 실장이란 사람을 알게 됐다. 길거리 캐스팅에 뽑혔다며 바람이 단단히 들었지만 기획사에서 요구하는 교육비를 마련할 수 없어서 내내 애를 태웠다. 누나는 내가 보기에도 정말 예쁘다. 텔레비전에 나오는 연예인들 못지않게 날씬하고 청순하다. 누나도 부잣집에 태어났으면 벌써 하이틴 스타로 이름을 날렸을지도 모른다. 아니, 적어도 손톱 밑이 새카매진 줄도 모르게 되지는 않았을 거다. 나는 열심히 누나 편을 든다.

생각하는 사이 주유소 앞까지 와버렸다. 나란히 놓인 주유기 앞에서 목덜미를 훌쩍 덮는 장발의 남자와 시시덕거리는 누나가 보인다. 푸른색과 붉은색이 섞인 촌스런 작업복 차림도 누나의 미모를 완전히 가리지는 못한다. 장발이 누나의 어깨를 치는 척 하면서 슬쩍슬쩍 머리카락을 쓰다듬는 것을 나는 단박에 알아본다.

"야, 너 또 왜 왔냐?"

누나는 다짜고짜 내 팔을 잡아끌고 주유소 건물 뒤쪽으로 데려간다.

"안에 사장 있단 말이야. 학교 갔다 오냐?"

누나는 자꾸 귓가를 만진다. 누나가 머리카락을 귀 뒤쪽으로 쓸어 넘기는데 얼핏 보기에도 귓불이 불그레하게 부풀어 있다.

"누나, 귀는 또 왜 그래?"

"아, 이거? 하나 더 뚫었다. 여기도 봐라."

누나는 점퍼를 들추고 배꼽을 보여준다. 배꼽 옆에 녹두만 한 구슬이 박혀 있다.

"소독한 바늘로 한 방에 찔렀어. 피어싱, 그거 별거 아니다. 지금은 좀 곪았지만 아스피린 먹었으니까 금방 괜찮아질 거야."

"아스피린?"

"그래, 해열 진통엔 아스피린이잖니."

누나는 아스피린이 만병통치약인 줄 안다. 감기는 물론이고 두통이나 생리통 심지어 기분이 우울해도 아스피린을 먹는다. 누나는 양쪽 귓바퀴에 십오 밀리 간격으로 여섯 개째 구멍을 뚫었다. 싸구려 귀걸이가 뚫고 지나간 자리에 누런 고름이 맺혀 있는 게 보인다. 이건 차라리 학대 수준이다. 누나는 이런 식으로 뭔가에 저항하고 있는 건지도 모르지만 내게는 그저 안간힘으로만 보인다.

"누나, 귀나 배꼽은 몰라도 코나 입술이나 혀 같은 데는 하지 마. 날라리 같잖아"

나는 누나에 대한 안타까움을 이렇게 표현할 수밖에 없다. 누나는 내 말은 듣는 둥 마는 둥, 연방 사무실 쪽을 바라보며 내 어깨를 떠민다. 누나는 주유소 뒷방에서 다른 누나하고 함께 지낸다. 그 방은 누나가 긴 다리를 삼십 센티미터쯤 접어야 누울 수 있을 만큼 작은 골방이다. 우리 집보다 하나 나을 게 없어 보이는데도 거기가 더 편하다고 한다. 나는 자꾸만 누나가 불안하다.

버스 정거장을 지나치면서 오늘은 한 번도 걸음을 멈추지 않는다. 버스 정거장의 벤치 근처에는 항상 꽁초들이 널려 있다. 가끔은 손가락 두 마디가 넘는 긴 것도 있다. 기다리던 버스가 오는 바람에 아까운데도 별수 없이 집어던진 것들일 것이다. 하지만 지금 나는 만사가 다 귀찮다. 배가 고프기도 하지만 그보다 아직도 입가에 씁쓰름하게 남아 있는 담배 맛 때문에 골이 쑤시는 것 같다. 꽁초를 물고 벌을 서는데 자꾸만 침이 흘러내렸다. 침을 흘리지 않으려다 보니 담배 가루를 삼키게 되었다. 개코 선생. 선배들이 개코란 별명을 왜 붙였는지 이해가 된다. 비닐 봉투에 꽁꽁 싸매둔 담배 냄새를 맡다니, 정말 개코답다.

엘리베이터를 탄다. 낡은 엘리베이터는 늙은 고양이처럼 가르랑거리는 소리를 내며 힘겹게 맨 꼭대기 층까지 올라간다. 이 녀석도 기운이 없나? 낡은 엘리베이터가 꼭 내 꼴만 같다. 에밀의 집 앞을 지나간다. 뚜껑이 떨어져 나간 우유 투입구로 기웃이 눈길을 준다. 아무것도 보이지 않는다. 헐거워진 현관 손잡이를 비틀어본다. 문은 잠겨 있지 않다.

여기 사는 사람들은 뭐든 한번 고장 나도 어지간해서는 고치지 않는다. 베란다에 새시도 없이 몇 년째 사는 집도 있고, 유리

창이 깨지면 깨진 대로, 문짝이 고장 나면 고장 난 대로 그냥 버틴다. 오래된 임대 아파트를 벗어나는 게 이 동네 사람들의 소원이다. 뭔가를 고치기 위해 돈을 들였다가 영영 눌러살게 될까 봐 겁내는 것이다.

한눈에 내부가 다 들어오는 좁은 집 안은 텅 비어 있다. 신발장 옆에 반쯤 찬 쓰레기봉투 하나가 기대서 있을 뿐이다. 신발을 벗고 집 안으로 들어선다. 옷걸이가 있던 문간방도 비었고, 싱크대가 붙어 있는 좁은 복도를 지나 안방도 비었다. 빈집에 벽에 붙은 그림들만 버림받은 것처럼 남아 있다. 저 그림들 때문에 아파트 아이들은 에밀을 변태라고 불렀다. 에밀은 아줌마가 집을 떠난 후 아줌마의 가구가 놓여 있던 자리에 잡지 같은 데서 오려낸 듯한 그림들을 붙였다. 장롱이며 화장대가 빠진 자리는 벽지 빛깔이 유난히 선명했다. 빛바랜 벽지와 대조되어서인지 집 안은 더 구질구질해 보였다. 아줌마가 떠난 후 에밀에게 과외 받는 아이들도 차츰 줄어들었다. 근처 학원보다 싼 과외비도 소용없었다. 나중엔 과외비를 제대로 내지 못하는 나 같은 아이들만 남았다.

"저 그림만 떼어내도 아이들이 올지 몰라요."

보다 못해 나는 에밀에게 충고했다. 아무리 봐도 아름다운 구석이 없는 그림들이었다. 그림 속의 사람들은 누군가 마구 구겨놓은 것처럼 일그러진 몸을 가졌다. 북어처럼 비쩍 말랐고, 눈

주위에는 너구리처럼 거무스름한 테두리가 있어서 몹시 배고프고 고단해 보였다. 아무튼 밥맛이 단번에 떨어질 만한 밉상들인데 어쩐지 그 사람들의 표정은 아버지와 형제간처럼 닮아 있어서 볼 때마다 울적한 기분이 들게 했다.

"에곤 실레란 이름 들어봤니? 〈파란 대문〉이란 영화 어딘가에도 이 사람의 그림이 나오더라. 아무튼, 그는 불우한 소년기를 보냈다는데 아마도 그의 그림들은 그 상처를 이겨내는 방식이었을 거야. 고통도 무조건 나쁜 것만은 아니야. 그는 스물여덟 살에 죽었지, 너무 일찍. 하지만 그의 그림에 열광하는 사람들을 보면 억울할 것도 없단 생각이 든단다. 그는 불멸을 얻었으니까."

에밀이 그렇게 간절한 표정으로 말하는 모습을 그 전에도 후에도 나는 본 적이 없다. 사람들이 사라진 자신을 좋아해주는 게 과연 기뻐할 일인지 슬퍼할 일인지 난 잘 모르겠다.

아버지는 집에 없다. 어쩐지 집안 분위기가 평소와 다르다. 나는 잠시 배고픔도 잊고 집 안을 차근차근 둘러본다. 최근 아버지가 말도 없이 집을 비운 적이 없었기 때문이다. 물통마다 물이 가득하다. 물을 이 정도 채우려면 아버지는 약수터에 여러 번 다녀왔을 것이다. 집 안은 나무랄 데 없이 정결하다. 깨끗하게 씻어 물기가 빠지도록 엎어둔 그릇들. 베란다에 널린 빨래. 빨아서 꼭 짜둔 행주와 걸레. 싱크대 위엔 내가 좋아하는 엄마손 파이와 라면 한 꾸러미, 식빵 한 봉지, 검정 비닐봉지에 담긴 귤 그리고 동전들이 일부러 진열이라도 한 듯 가지런히 놓여 있다.

나는 허겁지겁 식빵 한 조각을 꺼내 입에 문 채 휴대용 버너에 냄비를 얹고 물을 끓인다. 라면을 다 끓였는데도 아버지가 오지 않는다. 늘 해가 지기 전에 이른 저녁을 먹곤 했다. 아버지 몫으로 한 그릇을 떠놓고, 국물까지 말끔히 비웠다. 그러고 났는데도 아버지는 돌아오지 않는다. 라면은 집 나가기 전의 엄마 얼굴처럼 불어버렸다. 아버지는 약간 분 라면을 오히려 더 좋아하니까 아직은 괜찮다. 아버지는 어디에 간 걸까? 떼일 게 뻔한 월급을 재촉하러 또 사장 집에 갔을까?

죽는소리 하면서 자꾸 미루면 아예 거기에 드러눕든지, 정 안 되면 텔레비전이고 컴퓨터고 뭐든 집어 와. 아버지는 엄마 성화에 못 이겨 사장 집에 찾아갔었다. 나는 아버지가 이끄는 대로 따라나섰다. 사장의 집이라면 그래도 제법 근사할 줄 알았다. 하지만 다세대주택 반지하 방은 우리 집보다 더 구질구질했다. 허리가 기역 자로 꼬부라진 할머니가 현관문을 열고 나왔다. 할머니는 대뜸 울부짖기 시작했다. 아들이 어디 가서 죽었는지 살았는지 생사도 모른다는 말만 되풀이했다. 울부짖는 노파 앞에서, 아버지는 변변한 말 한마디도 못하고 구구절절한 하소연만 듣다가 돌아왔다. 우리 아들, 며느리 좀 찾아주오. 노인은 아버지 옷자락을 붙잡고 같은 말만 되풀이했다. 얼핏 보면 아버지가 빚진 사람 같았다. 열린 방문 틈으로 바깥 눈치를 살피던 계집아이가 보였다. 누런 코가 입안으로 막 들어가려 하면 후루룩 코로 들이마시는 아이의 목덜미에 기다란 라면 가닥이 붙어 있었다. 할머니는 공연히 아이를 향해 눈을 부라렸다. 나는, 세상의 아이들은 엄마가 집을 나간 아이들과 그렇지 않은 아이들, 저녁밥으로 라면을 먹는 아이들과 그렇지 않은 아이들로 나뉜다는 생각을 자못 진지하게 했다.

어쩌면 아버지는 약 타러 보건소에 갔을지도 모른다. 먹는 약이 매 끼니마다 한 움큼씩은 된다. 아버지는 국물이 절반인 라면 한 그릇을 먹고 한 주먹의 알약을 털어 넣는다. 조만간 위장이 낡은 행주처럼 해지지 않을까, 나는 또 걱정이 된다. 약을 아무리 열심히 먹어도 아버지의 기침은 멈추지 않는다. 차라리 기침과 함께 사는 법을 배우는 게 더 나을지도 모르겠다.

밖은 완전히 어두워졌다. 혼자 있는 집은 더 어둡게 느껴진다. 귀를 기울이면 엘리베이터가 레일을 타고 오르락내리락하는 소리를 구별할 수 있다. 복도를 지나는 발소리는 우리 집 앞에 다다르기 전에 끊기거나, 기대를 저버리고 매정하게 지나친다. 나는 다시 에밀의 집으로 가서 오줌을 누고 벽에 붙어 있는 그림들을 떼어 온다. 어둠 속에서 스카치테이프를 찾아내 내 방 벽에 그림들을 붙인다. 이부자리를 펴고 들어가 눕는다. 어둠 속에서 잠드는 일은 생각보다 어렵다. 잠들려고 애쓸수록 잠은 더욱 멀리 달아난다. 이젠 그저 눈을 감고 잠과 꿈을 기다릴 뿐이다. 그 기다림에 설렘 따위는 없다. 시간이 얼마나 흘렀는지 알 수 없다. 설핏 든 잠 속에서 소스라치듯 눈을 뜬다. 현관 밖에서 인기척을 들은 것 같다. 나는 어둠 속에서 몸을 일으켜 현관으로 간다. 유리 구멍을 통해 문밖을 내다본다. 여자의 높고 날카로운 비명이 아파트의 동과 동 사이로 울려 퍼진다. 여자는 쉬지 않고 똑같은 크기로 비명을 질러댄다. 창밖에는 검푸른 새벽빛이 가득하다. 아버지가 없다. 아버지는 돌아오지 않았다. 나는 복도로 달려 나갔다.

나는 가출했다가 삼 일 만에 '컴백 홈' 했다. 그동안 거의 먹지도 못했고, 두려움 때문에 제대로 잘 수도 없었다. 내가 겁쟁이라는 사실만을 확인했을 뿐이다. 별수 없이 돌아왔지만 어쩐지 나갈 때처럼 쉽게 들어갈 수는 없었다. 그래서 경로당으로 갔나 보다. 그러니 나는 엄마가 걱정하는 것처럼 몽유병이나 그런 건 아니다. 아버지가 떠난 후 엄마가 돌아왔다. 물론 누나도 돌아왔다. 미안합니다, 로 시작하는 아버지의 유서가 텔레비전 뉴스에서 보도된 후 갑자기 우리 집엔 생기가 돌기 시작했다. 누군가 물세와 전기세를 대신 내주었고, 밀린 관리비도 탕감해주었다. 시에서 높은 분의 배려로 새 책상과 최신형 컴퓨터가 선물로 배달되었다. 누나의 학교에서는 누나가 졸업할 때까지 등록금을 면제해줄 거라고 했다. 누나는 학교를 결석하고도 특별 장학생이 되었다. 생판 모르는 사람들이 성금을 보내주기도 했다.

방송국에서 우리 집을 취재하러 나왔다. 누나와 나는 새 책상에 나란히 앉았다. 나는 교과서를 책상 위에 펼쳐두고, 누나는 컴퓨터 앞에서 공부하는 옆모습을 찍었다. 잘생긴 어느 기자는 너희들 얼굴을 정면에서 찍지는 않을 거고, 원한다면 모자이크 처리를 해줄 수도 있다고 했다. 기자는 내 앞에 펼쳐진 책을 들여다보더니 질량 불변의 법칙이 무엇인지 설명해줄 수 있느냐고 물었다. 펼쳐진 책에는, 화학반응의 전후에 반응 물질의 모든 질량과 생성 물질의 모든 질량은 서로 같다는 법칙, 이라고 적혀 있었다. 나는 라면을 끓여서 한참 두면 불어서 양이 많아진 것처럼 보이지만 총 칼로리양은 변함이 없는데 이것이 질량 불변의 법칙이다, 그러니 그냥 맛있을 때 먹는 게 낫다고 말해주었다. 마이크를 든 기자는 의미심장한 웃음을 지으며, 실생활에서 체험한 과학인 것 같다, 장래에 훌륭한 과학자가 될 학생이라고 좀 너스레를 떨듯 말했다. 나중에 텔레비전에 나온 제 모습을 보고 누나는 몹시 실망한 눈치였다. 누나는 실제보다 많이 부어 보였고, 무엇보다 침울한 표정 때문에 조금도 예뻐 보이지 않았다. 일주일쯤 북새통을 쳤을까? 일가족이 동반 자살하는 사건들이 연이어 일어나면서 우리 가족은 고맙게도 금세 잊혔다.

나는 해만 지면 내 방에 틀어박혀 누워 있곤 한다. 엄마는, 왜

궁상맞게 어두운 데 누워 있느냐며 불을 켜고 나가지만, 나는 엄마가 나가자마자 다시 불을 끈다. 이젠 누나와 엄마가 한 방을 쓰고, 문간방은 내 독차지가 되었다. 에밀의 그림 때문에 엄마는 여러 번 역정을 냈다. 처음엔 재수 없는 그림들을 떼어버리라고 화를 낸다. 대꾸를 안 하면, 남들이 남편 잡아먹고 팔자가 늘어졌다고 흉보는 것도 억울한데, 자식새끼마저 어미를 무시한다며 눈물 바람을 한다. 그다음엔, 이 지긋지긋한 곳을 빨리 벗어나야지, 하면서 싸움을 포기한다. 예전 같았으면 내 의견 따위를 묻기도 전에 그림부터 떼어내 팽개쳤을 텐데, 어쩐지 엄마는 이제 그러지를 못한다. 나는 그런 엄마가 좀 안쓰럽지만 그냥 무시해버린다.

에밀이 살던 집에는 새로운 사람들이 이사 왔다. 둘 다 어딘가 몸이 불편해 보이는 노부부다. 여기는 맨 아픈 사람 아니면 늙은이만 이사 온다니까. 엄마는 못마땅한 듯이 말했다. 나는 우편함을 지나칠 때마다 충실하게 에밀의 우편물들을 골라 반송함에 넣는다. 에밀의 우편물은 대부분 봉투에 이런저런 금융기관의 이름이 인쇄된 것들이다. 양복을 반듯하게 차려입은 남자들이 몇 번 에밀을 찾아왔다. 그들은 노부부에게서 아무것도 알아내지 못한 게 분명하다. 에밀의 소식이 궁금하기는 나 역시 마찬가지다. 대체 여기서도 살 수 없는 사람들은 어디로 가는 것일까?

더할 나위 없이 고요한 나날이다. 나는 아직 에밀의 카메라를 한 번도 사용하지 않았다. 사실 요즘 구형 카메라를 들고 다니는 사람은 원시인 소리를 듣기 십상이다. 하지만 나는 유행이라면 사족을 못 쓰는 그런 부류의 인간은 아니다. 다만, 아직 기쁜 일도 슬픈 일도 일어나지 않았기 때문이다. 나는 여전히 꽁초를 모은다. 타액이 묻은 필터를 떼어내고 담배 가루만 모아서 신문지에 말아 피운다. 한 모금 삼키면 눈물이 핑 돌고 머리가 어찔하며 기침이 쏟아진다. 아무래도 담배가 나와는 잘 맞지 않는 것 같다.

··· 강

언제나 이렇게 되는 걸 두려워했다. 이런 순간이 올까 봐. 이렇게 앞이 캄캄해지는 순간이 올까 봐 얼마나 조바심을 쳤는데, 결국 오고야 말았다. 그러니 겁내지 마.

1

냄새에는 유통기한이 없다. 놈은 결코 약해지지도 않는다. 약해지기는커녕 나날이 새롭고 날마다 강하다.

정은 병원 로비를 채 빠져나오기도 전에 내내 참고 있던 숨을 토해내고 만다. 현관을 나서자마자 한껏 숨을 들이쉬어 보지만 이쪽 사정도 그다지 만족스럽지 않다. 차량 배기가스와 도시의 미세 먼지로 더러워진 공기는 차라리 콧구멍을 막아버리고 싶게 만든다.

아, 짜증 나!

정은 치미는 욕설을 애써 순화시키며 도망치듯 강변길로 내처 걸어간다. 오후 두 시의 여름 태양이 사정없이 내리쬐이지만 지금은 병원으로부터 가능한 한 멀어지기만 바랄 뿐이다.

병실이 있는 층에 들어서면 그곳을 점령하고 있는 것은 단연코 냄새다. 무언가 부패하고 있는 듯한 냄새가 무방비 상태의 콧속으로 사정없이 스며든다. 병실에 들어서면 냄새는 보다 노골적이 된다. 코를 싸쥐고 구역질을 하고 침을 뱉고 돌아서서 나가고 싶게 만드는 냄새의 견고한 그물에 포위된다. 환부가 썩는 냄새, 제대로 씻지 않아 나는 냄새, 환자의 호흡이나 배설물에서 나는 냄새, 냄새들. 끊임없이 씻기고 소독을 해도 좀처럼 사라지지 않는다. 냄새에 후각이 마비되기를 바라는 편이 보다 빠를 것이다. 의료진이 마스크를 쓰고 있는 것은 단순히 위생 차원에서만은 아니다. 환자나 의료진이 싸우고 있는 것은 질병이 아니라 냄새다. 냄새들을 처리할 수 있다면 질병은 절로 사라질 거라고 정은 생각한다.

여덟 개의 병상은 이따금 한두 개가 비기도 하지만 이내 다시 채워지곤 한다. 병실의 창가 자리 두 개 중 하나에 정의 어머니가 누워 있다. 정의 어머니는 젊었을 때 텔레비전 연속극에서 주인공의 라이벌이라는 비중 있는 조연 역할을 한 적이 있지만 병실에서 그 사실을 아는 사람은 본인과 정뿐이다. 결혼과 함께 연기자를 그만둔 건 정의 어머니에게 평생의 후회거리가 되었다. 연예계에 복귀하려는 노력을 하지 않은 건 아니었지만 노력은 실패로 돌아갔다. 그녀는 한때 연기자였다는 자부심과 연기자로 살아남지 못한 회한 사이에서 평생 자유롭지 못했다. 완전히 의식을 놓기 전까지 그녀를 괴롭힌 것은 무엇보다도 망가져가는 자신의 육신이었다. 의식을 놓아버린 게 어쩌면 그녀에겐 불행 중 다행이다.

콧속으로 삽입된 튜브를 통해 유동식을 넘기며, 악취로 가득한 숨을 토해내는 자신을 인식한다면 그녀는 그런 생존을 받아들였을까?

정은 답을 알아낼 길 없는 질문을 자신에게 거듭한다. 정의 어머니는 낮은 숨소리와 얼굴의 미세한 찡그림만으로 만 가지 감정을 토로하며 정을 꼼짝 못하게 옭아매고 언제까지나 정의 곁에 살아 있을 것이다.

이따금 가슴의 오르내림조차 분간이 안 되는 순간 정은 어머니의 가슴팍으로 가만히 고개를 숙인다. 그러면 지독한 악취가 습격하듯 몰려온다. 어머니의 생존을 주장하는 냄새. 매일 아침과 저녁에 정은 거즈에 소독약을 묻혀 공동 같은 어머니의 입안을 닦아내지만 냄새를 어쩌지는 못한다. 젖은 기저귀를 갈아주고 물수건으로 온몸을 닦아주고 나면 어머니는 그제야 편안한 낯빛이 되어 오수에 잠긴다.

정은 내내 들고 있던 양산을 생각난 듯 펼쳐 쓰고 사 차선 도로를 지나 강가로 내려간다. 산책하기엔 무더운 날씨다. 태풍을 동반한 폭우가 지나간 길바닥은 이리저리 파여 고르지 않다. 슬리퍼 신은 발가락 사이로 잔돌멩이가 따끔따끔 밟힌다. 정은 이따금 슬리퍼를 발가락에 걸어 탁탁, 털어주고 다시 걷는다. 강가는 한낮에 오히려 인적이 드물다. 해가 지면 그제야 산책객들이 하나둘 늘어나 밤늦게까지 이어진다. 열대야의 밤이면 아예 강둑에 텐트나 그늘막을 치고 한뎃잠을 자는 사람들도 심심치 않게 볼 수 있다.

강물은 방해물들을 피해 구불구불 부지런히 흐른다. 쟤들은 어디로 저리 바삐 가는 걸까? 정은 부질없는 생각에 빠져 강물을 바라본다. 병원의 냉방기 탓에 몸에는 언제나 감기 기운이 조금은 남아 있는 것 같은 기분이 든다. 겨드랑이 밑이나 이마에 땀이 배어난 걸 느끼지만 정은 좀 더, 하고 생각한다. 어쩐지 햇볕에 몸을 말려야 한다는 생각이 드는 것이다. 장마철의 빨래처럼 쉰내가 나지 않게 하려면 말이다. 충분히 말리고 나서 누군가 탁탁, 털어주기까지 한다면 참 좋을 텐데. 정은 말도 안 되는 생각을 하고 그 생각 끝에 혼자 배시시 웃는다.

정은 '피아노를 좀 칠 줄 아는 여자'와 결혼하기 위해 일시 귀국했다던 교포 이세를 요즘 이따금 떠올린다. 혼기를 놓친 지 한참 되어 보이는 남자는 나이에 어울리지 않게 몹시 부끄럼을 탔다. 어눌한 모국어 때문인지 남자는 얼핏 순진해 보이기도 했다. 그때 정은 왜 피아노 치는 여자를 만나고 싶어 하는지 묻지 않았다. 체르니 삼십 번까지 배운 게 피아노를 좀 치는 축에 드는 건지도 역시 묻지 못했다. 단지 결혼 상대자를 그런 식으로 선택한다는 건 어딘가 이상하다고만 생각했다. 정은 그 남자를 몇 번인가 만났지만, 갑자기 어머니가 쓰러지면서 생각해볼 새도 없이 흐지부지해졌다.

떠올릴 만한 옛사랑의 목록이 하도 빈약해서 정은 한숨이 나온다. 추억할 게 많으면 좀 덜 쓸쓸하지 않을까 싶기도 하다. 어머니가 쓰러지기 전까지는 자신에게도 언젠가 뜨거운 연애와 시린 이별의 날들이 펼쳐지리라는 기대 따위가 있었다. 그런 일이 드라마에서처럼 누구에게나 일어나는 일이 아니라는 것을 그때는 몰랐다. 쓰러진 어머니가 다시 일어날 가망은 없어 보인다. 어머니의 병세는 더 나빠지지도 더 좋아지지도 않고 있다. 최악은 이런 상태가 언제까지 계속될지 알 수 없다는 점이다. 그래도 세월은 흐르고 모두들 자신이 해야 할, 혹은 하고 싶은 일들을 하면서 잘들 살아간다.

어머니는 이제 그만 요양원으로 모시고 넌 네 인생을 찾아라. 산 사람은 살아야 하지 않겠니?

오빠는 이렇게 말하며 외국 지사로 나갔고, 대학을 마친 동생은 유학을 위해 출국했다. 어머니를 죽은 사람 취급하는 오빠의 말투가 못마땅했지만 정은 굳이 시빗거리로 삼지는 않았다.

그래. 도저히 더는 아니다 싶으면 그렇게.

정은 대신 이렇게 대답했다. 마치 자신이 칼자루를 쥐고 있기라도 한 것처럼.

니들이 잊힌다는 게 뭔지 알아?

속으로만 덧붙였다.

한 달 내내 아무도 찾아오지 않는다. 정도 어머니와 함께 잊히고 있는 중이다. 하지만 감상적이라는 말은 듣고 싶지 않다. 사회생활을 해보지 않아서 그렇단 말도. 무의식 상태로 누워 있는 것처럼 보이지만 정이 병원에 오는지 오지 않는지, 소홀한지 세심한지, 즉각적으로 알아채고 미묘하게 반응하는 어머니에 대해 정은 설명할 생각도 필요성도 느끼지 않는다. 강박이나 효녀 콤플렉스 등등 어떤 식의 평가도 듣고 싶지 않을 뿐이다.

이따금 어머니를 위해 정이 남은 것이 아니라, 정을 위해 어머니가 살아남아 있는 것만 같은 기분이 들 때도 있다. 어쩌면 주변 사람들의 이런저런 논평이 사실일지도 모른다는 생각 역시 든다. 하지만 정은 누구에게도 그런 기분에 대해 말하지 않는다. 모든 일에 끝이 있듯 이 일도 언젠가는 끝나겠지. 그저 그렇게 생각한다.

정은 교각 아래 그늘로 들어서서 양산을 접는다. 다리 밑은 축축하고 서늘하다. 시멘트 기둥에 검정색이나 붉은색 래커로 보기 싫게 휘갈겨진 낙서들을 정은 무심코 바라본다. 붉은색으로 그려진 가위, 검은색으로 쓰인 욕설들, 그것들을 뭉개듯 아무렇게나 흩뿌려진 흰색. 다시 그 위에 덧쓴 여자, 남자의 이름과 그 사이에 그려진 하트 모양. 다시 그들의 진심을 비웃듯 붉은색으

67
강

로 그려진 거대한 성기. 낙서들은 그대로인 듯하면서도 올 때마다 어느새 조금씩 바뀌어 있다.

무언가 낯선 느낌이 정의 발목을 잡는다. 축축한 흙바닥 위에 대충 개켜진 채 놓여 있는 옷가지가 눈에 들어온다. 그녀는 주변을 휘둘러본다. 어쩐지 오싹하게 한기가 든다. 콸콸거리는 물소리뿐 인기척은 없다. 감청색 재킷 위에 은회색 실크 넥타이가 놓여 있고 흔한 디자인의 남자 구두가 그 옆에 가지런하다. 정은 다시 한번 주변을 둘러본다. 재킷 주머니를 뒤져보면 뭔가 단서가 될 만한 것이 나올지도 모르지만 어쩐지 그만한 의욕은 생기지 않는다.

정은 서둘러 다리를 벗어나 강둑으로 올라간다. 상관할 일이 아니다. 물건의 주인이 있다면 나타날 것이고 버려진 거라면 누군가 주워가거나 언젠가 치워질 터였다. 정은 강둑에 올라서서 강을 바라본다. 그제야 강 한가운데 얼굴만 수면에 떠 있는 사람이 보인다. 얼핏 보면 축구공 하나가 떠 있는 것 같기도 하다. 수영을 한다기보다는 물살에 맥없이 휩싸여 있는 것처럼 보이기도 한다.

아, 사람이네.

정은 감탄한 듯 소리 내어 말한다.

2

수는 수첩에 지출 목록들을 썼다 지우기를 반복했다. 지출 목록의 우선순위를 매기는 일이 수에게는 수학사나 과학사의 난제를 푸는 일보다 더 어렵게 보였다. 그는 얼마 못 가 수첩을 덮었다. 당면한 문제를 해결하는 길은 로또에 당첨되거나 보태줘도 시원찮을 노모의 잔고를 바닥내는 것밖에는 없어 보인다. 가장 바람직한 방법은 서둘러 사람들을 만나 상품을 파는 것이다. 하지만 그는 더 이상 만날 사람이 없다. 그래도 어딘가를 가야 하고 누군가를 만나야만 하는 것이 그가 직면한 딜레마다.

과거에 그가 연극배우의 길을 가고 있었을 때는 늘 관객을 기다려야 하는 입장이었다. 그때 그는 객석에 앉아 있는 사람들에게 어처구니없는 질투심을 느끼기도 했다. 관객이 열 명도 들지 않는 날이 허다했고 객석이 차기를 기다려야 하는 무명 배우의 처지에 자괴감을 느끼기도 했다. 하지만 사람들을 찾아다녀야 하는 입장이 되고 보니 차라리 그 시절이 그립기만 하다.

수는 가방을 챙겨 무작정 사무실을 나섰다. '고일환 가정의학과' 앞에서 그는 망설이듯 걸음을 멈추었다. 감기 기운이 있거나 피부에 발진이 생겼을 때, 혹은 이유 없이 두통이 심할 때 등등 사소한 몸의 이상을 느낄 때면 그가 찾아가곤 하는 개인 병원이었다. 고일환의 처방은 때론 그럭저럭, 때론 이 자식 돌팔이 아냐, 소리가 나오게 하는 그저 그런 정도였다. 벌써 몇 년째 다니는데도 고일환의 표정은 한결같이 무미건조하고 무감동했다. 병원도 일종의 서비스업일 텐데 의사의 그런 태도는 병원 경영에 그다지 유익하진 않을 듯싶었다. 병원은 언제나 지나치게 한산했다. 한 명뿐인 간호사는 접수대 앞에 앉아 졸거나, 인터넷 서핑을 하거나 손톱을 다듬고 있기 일쑤였다. 수는 오래 기다리지 않아도 된다는 점과 귀찮다는 이유로 병원을 바꾸지 않았다.

이즈음 수는 불면과 만성피로에 시달리는 중이었고 좀 우울하기도 했다. 고일환은 덤덤한 표정으로 수면 유도제를 처방해주거나 적당한 운동을 권하거나 영양제를 추천해주거나 할 터였다. 어쨌든 수는 누구든 만나야 했다. 그는 거의 강박에 가까운 감정에 쫓기고 있었다.

병원 안은 말 그대로 텅 비어 있었다. 모든 의료 기구들이 빠져나가고 대기실의 낡은 소파들만 덩그러니 남아 있었다. 수는 어, 하며 주변을 둘러보다 진료실에서 나오는 고일환과 마주쳤다. 그는 난생처음 웃어보는 사람처럼 쓱, 웃었다.

이런, 병원 폐업했는데.

고일환은 말끝을 흐렸다. 수는 예기치 않은 상황에 당황하여 대꾸할 말을 찾지 못했다.

어디가 안 좋아요?

의사는 소파를 사이에 두고 서서 말했다. 안 좋으니까 병원에 오지, 그게 아니라면 왜 왔겠어? 수는 생각나는 대로 말하지 않을 정도의 지각은 있었다.

아니 그냥, 지나다가.

수도 말끝을 흐렸다. '병원을 지나다가 그냥 들르다니, 동네 사랑방도 아니고, 그게 말이 되니?' 수는 속으로 혀를 찼다.

보다시피 진료할 형편이 아니라서.

그는 또 쓰윽, 입꼬리를 올리며 민망한 듯 웃었다.

아니, 왜?

수는 왜 문을 닫느냐는 말을 끝까지 하지 못했다. 상가의 간판들이 자주 바뀌는 것처럼 병원도 그럴 수 있는 것이다.

환자가 오지 않으니 문을 닫을밖에요.

고일환은 쓸쓸한 표정으로 말했다. 그리고 보면 세상의 직업은 이런 식으로 간단히 분류해볼 수도 있을 터였다. 기다리는 직업과 찾아가는 직업. 그런 분류법에 따르자면 병원 역시 기다리는 직업에 속했다. 수는 난생처음 의사란 직업에 대해 터무니없는 동질감을 느꼈다. 마지막 공연을 마치고 무대에서 내려오던 날이 떠올랐다. 저 의사처럼 놀랍게 담담했었다. 상실감은 그 후에 찾아왔다.

늘 그랬듯 수는 곧장 병실로 가는 대신 강가로 길을 잡았다. 병원에 올 때면 강가를 배회하며 마음을 다잡고는 했다. 벌 받을 것을 알면서 그 시간을 유예하기 위해 집 주변을 배회하는 아이의 심정과 비슷했다. 오늘은 시간이 좀 일렀다. 오후의 태양은 매서운 회초리처럼 내리쪼였다. 수는 넥타이를 풀어 양복 주머니에 넣고 양복 상의는 벗어 들었다. 그래도 더웠다. 땡볕 아래서 벌이라도 서는 기분이었다. 늘 그렇듯 아무리 시간이 지나도 기분은 조금도 나아지지 않았다. 그는 항복하듯 교각 아래로 내려갔다. 그늘진 곳이라곤 그곳뿐이었다.

수는 가방을 땅바닥에 내려놓았다. 양복 상의를 반으로 접은 뒤 가방 위에 걸쳐두었다. 어느새 계절은 봄을 훌쩍 지났지만 그의 옷은 여전히 춘추복이었다. 옷장을 뒤져보면 어딘가 여름 양복이 한 벌쯤은 있을 테지만 그것을 찾아볼 겨를도 없이 무더위가 찾아왔다. 언젠가부터 계절은 순서나 약속 따위 지키지 않았다. 삼월에 이십 도를 웃도는 여름날을 연출하는가 하면 사월에 여보란 듯 눈이 왔고 여름이 무르익기도 전에 우기가 시작되었다. 이러다간 한여름에 눈이나 우박이 내리지 말란 법도 없을 터였다. 어쨌든 이만한 일에는 아무도 놀라거나 당황하지 않았다.

때 이른 무더위 탓에 수의 목 주변은 불긋불긋한 피부 발진과 가려움증이 가시지 않았다. 결혼식 날 외엔 입어볼 일이 없을 줄 알았던 양복과 넥타이가 일상복이 되어버린 탓이기도 했다. 수는 불룩해진 양복 주머니에서 넥타이를 꺼내 양복 위에 걸쳐두었다. 결혼식 날 맸던 은색 실크 넥타이였다. 그는 천천히 와이셔츠 단추를 풀고 양쪽 소매를 걷어 올렸다.

아메리칸 앨리

며칠간 이어진 폭우로 강물은 눈에 띄게 불어나 있었다. 쨍쨍한 한낮의 태양 아래서 붉덩물은 자못 초현실적인 색채를 번득이며 세차게 흐르고 있었다. 평소에 보던 잔잔한 강이 아니었다. 강은 번식기를 맞이한 유기체처럼 혀를 날름대고 사지를 꿈틀거리며 쉬지 않고 흐르고 있었다. 장쾌한 물소리는 차량 소음을 압도할 정도였다. 어쨌거나 이런 강에 맨몸으로 들어서는 것은 분명 위험한 일이었다.

통화 말미에 K는 밥 한번 먹자고 의례적으로 덧붙였다. 인사치레로 건넨 말을 지금 가겠다며 덥석 물어버린 건 분명 실례였다. 수도 그쯤은 알고 있었다. K는 잠시 후 그럴까, 라고 말했고 수는 어쩐지 그의 난처해하는 표정이 보이는 것만 같았다. 한 시간쯤 후에 그의 사무실에 도착했는데 K는 없었다. 여직원은 그가 하필 수가 도착하기 직전에 급한 용무로 외출했다며 꽤나 안타까운 표정으로 말했다. 여직원이 저토록 안타까워하는 걸 보니 정말 급한 용무였을 거라고 수는 스스로에게 다짐하듯 생각했다.

어김없이 마감일이 다가오고 있었다. 이달 실적은 아직 한 건도 없었다. 사무실에 나붙은 실적 그래프는 흉기처럼 마음을 찔러댔다. 본인, 가족, 친인척, 친구, 지인, 이런 순서로 영업을 하는 건 아마추어가 하는 짓이었다. 그리고 그건 조만간 항복하는 지름길이기도 했다. 수 역시 필패의 공식을 그대로 밟아나갔다.

저러다 나가떨어지고 말지. 과거에 그를 찾아와 보험 상품 안내 책자를 들이밀던 지인들을 보며 그가 했던 말이었다. 결국 포기할 텐데 시시한 건수 하나 들어줘봤자 잠시 폐장 시간을 연장하는 것뿐이라고 생각했다. 결국 수도 한 치의 벗어남이 없이 그런 수순을 밟고 있었다. 회사로선 손해날 게 없었다. 철저히 조직에 유리한 시스템이었다. 사실 쉽게 진입할 수 있는 직장은 그런 곳뿐이었다. 그곳에 발을 들여놓은 것이 본질적인 실책이었다. 그에게 세일즈맨으로서의 자질은 없어 보였다. 그저 절박하기만 했다. 절박함은 아무것도 해결해주지 않았다.

친구나 지인들은 그의 이직을 몹시 당황스러워했다. 연극배우와 보험 설계사는 편차가 커 보이긴 했다. 그들은 차츰 그와 만나는 것을 부담스러워했다. 당연한 일이었다. 과거의 그도 그랬으니까. 스스로 주문을 걸기도 했다. 단지 친구를 만나는 것일 뿐이야. 아무런 사심 없이. 그런 생각을 하는 순간 이미 그는 사심으로 가득한 인간이 되어버리는 것 같았다. 그는 내심 당황하게 되고, 순간 그의 달변은 빗장이 채워지면서 터무니없이 어눌해졌다. 유쾌하고 재기발랄한 수는 사라졌다. 그는 이 모든 상황들을 당연하게 받아들이려고 노력했다. 노력해도 자괴감은 사라지지 않았다. 그는 세일즈맨을 직업으로 선택하지 말았어야 했다. 결혼 같은 것도 하지 말았어야 했다. 아이를 만드는 실수 따위 하지 말았어야 했다.

수는 구두를 벗어 가방 옆에 가지런히 놓았다. 그는 뒤따르는 생각들을 마무르지 않은 채 성큼 물속으로 들어섰다. 자잘한 생각들을 압도하는 갈증 혹은 욕구, 어쩌면 고통이 그를 밀고 나가고 있었다. 물은 차다기보다 시원했다. 그는 다행이라고 생각했다. 적어도 춥지는 않으니까. 지난겨울 만삭의 아내는 난방 온도를 십오 도로 맞춰놓은 방에서 혹한을 견뎠다. 지금 차갑지 않은 물을 다행스러워하는 자신이 어쩐지 밉살스러웠다. 그는 강물 속으로 서너 걸음 더 내딛었다. 몸은 빠른 물살에 잠시 휘청거렸다. 그는 반사적으로 움찔했으나 두 다리에 다부지게 힘을 주고 앞으로 나아갔다.

강물이 허리춤을 넘실거리자 그는 물살에 몸을 실었다. 그는 십대 무렵에 수영을 배운 적이 있었다. 소년단 활동을 할 때였다. 물살은 가차 없는 힘으로 그가 배웠던 갖가지 영법을 무력하게 만들었다. 그래도 그는 수영을 했다. 아니, 그렇게 보이고 싶었다.

얼마 못 가 체력은 바닥났다. 오전 내내 먹은 거라곤 커피 몇 잔뿐이었다. 사무실에 출근하자마자 그날의 첫 커피를 마셨다. 영업 상대를 만나도 커피, 약속 시간 사이의 공백을 메우기 위해서도 커피, 언제 어디서든 가장 만만한 건 커피였다. 담배를 끊고 나서 정처를 잃은 손은 더욱 자주 커피 잔을 감아쥐었다.

K의 사무실에서도 엷게 내린 원두커피를 두 잔이나 마셨다. K

역시 한때는 연극판에 있었다. 그는 아마추어에서 프로로 넘어가는 단계에서 과감하게 진로를 바꾸어 지금은 정수기 대리점장이 되었다. K는 이따금 공연장에 나타나 후배들에게 통 크게 술이나 밥을 사곤 했다. 지독한 빈곤에 시달리면서도 수는 한 번도 대리점장이 된 K를 부러워하지 않았다. 그게 그의 유일한 긍지였다.

커피를 두 잔 마시고 두 종의 일간지를 꼼꼼히 읽는 동안 두 시간이 지났다. 잠깐만 기다리라던 K는 도무지 나타나지 않았다. K의 사무실은 무미건조했다. 책상, 소파, 캐비닛 그리고 정수기 용품이 든 박스들. 수는 신문을 보고 나자 더 이상 할 일이 없었다.

그러고 보면 이 직업 역시 기다리는 것이다. 마음대로 찾아다니는 직업이라고 생각한 건 극히 표면적인 인식이었다. 고객과 만날 약속을, '예스' 사인을 하염없이 기다려야 하는 직업인 것이다.

좀 더 기다려야 할지 그냥 돌아가야 할지 망설이고 있을 때 가까스로 K와 통화가 되었다. K는 아무래도 오늘은 사무실로 돌아가기 어려울 것 같다고 말했다. 그와 통화하는 몇 초 동안 배경음처럼 딱, 딱, 소리가 들렸다. 수는 그게 무슨 소리인지 알았다. 당구공이 큐에 맞을 때 나는 소리였다.

수는 온몸에서 기운이 빠져나가는 걸 느꼈다. 물속에 잠겨서도 식은땀이 났다. 내내 커피만 마신 건 바보 같은 짓이었다. 무엇을 마시겠느냐고 물어올 때 우유나 주스 따위를 마시겠다고 말할 수도 있었다. 고객과 커피전문점이 아니라 햄버거 가게나 제과점에서 만날 수도 있는 것이다. 솔직하게 점심을 안 먹었다고 말하고 밥 한 끼 사라고 말할 수도 있었다. 이 일을 시작한 후부터 자신이 한없이 소심한 인간이 되어버렸다고 수는 자책하듯 생각했다.

강물이 왈칵 목구멍을 타고 넘어갔다. 뒤미처 신트림이 올라왔다. 어느새 수는 사지에 기운을 빼고 통나무처럼 흐르고 있었다. 그의 곁에서 음료수 캔과 나뭇가지와 쓰레기 뭉치가 함께 흘러갔다. 한결 편안하게 느껴졌다. 물에 몸을 맡겨버리니 이토록 편안한 걸 무엇을 위해 그토록 애면글면하며 버둥거렸는지 어이없는 기분마저 들었다. 배고픈 걸 빼면 모든 게 편안했다. 배고프다고 생각하니 Y가 생각났다. 역시 Y의 말이 맞았다. 먹을 수 있을 때 먹어야 했다.

Y로부터 전화가 와서 참 기분이 좋았다. 친구에게 먼저 만나자는 말을 들은 건 오랜만이었기 때문이다. 우연히 수의 사무실 근처에 왔다고 했다. Y는 사무실 근처 대형 프랜차이즈의 커피전문점에 미리 와서 기다리고 있었다. 수는 매일 지나치면서도 한 번도 들어가 보지 않은 곳이었다. Y가 건네준 명함에는 여행작가라는 생소한 단어가 적혀 있었다. Y는 여행을 하거나 책을

쓰고 간간이 텔레비전에 얼굴을 비추기도 하는 모양이었다. 하여튼 참 부러운 직업이라고 생각했다.

먹을 수 있을 때 먹어두기. 이건 내 여행 수칙 일 조, 혹은 비정규직의 생존법이야.

Y는 아직 오전인데 캐러멜 마키아토에 치즈 케이크까지 주문하며 말했다. 수는 이미 커피를 마셨지만 다시 무심코 아메리카노를 주문했다.

이건 다음에 낼 책에 쓸 건데 말이지. 너한테만 이야기하는 거다.

주문한 커피가 나오기도 전에 Y는 신나게 떠들어댔다.

유학 중에 이태리 시골을 혼자서 렌터카로 여행하고 있었어. 시골길을 한참 달리는데 문득 들판에 교회가 나타났어. 별 기대 없이 차를 세웠지. 시골 교회란 게 그렇잖아. 작고 수수한 석조 건물이었어.

이태리 시골 교회를 한 번도 본 적이 없는 수로서는 달리 덧붙일 말이 없었다.

교회당에 들어서는 순간 뭐랄까, 이거다 싶은 기분이 들더라. 내부에 장식품이 하나도 없는 아주 작은 교회였지. 제단에 나무 십자가가 걸린 게 전부였거든. 벽과 천정에 난 작은 창으로부터 빛이 들어와서 십자가를 비추고 있었어. 조명 장식이라곤 순수한 자연광, 그뿐이었어. 들판에서 바람 소리가 쏴아아 들리곤 했지. 순간 가슴속에서 뭔가가 울컥하고 치미는 느낌이었어. 그게 뭐였을까? 숭고함을 느꼈다고나 할까? 막연한 표현이지만 말이야. 그날 이후 내 인생은 이렇게 바뀌었지. 한 번 더 그런 경험을 하고 싶다는 욕망을 포기할 수 없었거든. 여행 작가라니, 생각도 해본 적 없는데 말이야.

Y는 커피에 치즈 케이크를 조금씩 곁들여 먹으며 쉬지 않고 주절거렸다. 인생은 계획대로 되지 않는다는 것, 마음 가는 대로 살다 보면 길이 열린다는 것, 공부를 포기한 것을 후회하지 않는 다는 것 등등. 그의 경험담들을 듣고 있다 보니 세상이 자못 낙관적으로 보이기도 했다.

우리가 호들갑 떠는 대부분의 일들은 지나고 보면 찻잔 속의 폭풍우에 불과해.

Y는 자신 있게 말했다. 여행이 지루해지기 시작하면 남태평양의 섬에서 고갱처럼 원주민 여인들과 살고 싶다고도 했다.

제수씨도 안녕하지?

Y는 한참 만에 생각난 듯 아내의 안부를 물었고, 수는 아 그럼, 이라고 짧게 대답했다. 그러고서 수는 언젠가 자신도 그런 여행을 하고 싶다고 덧붙였을 뿐이다. 아내와 수에게 벌어진 일을 이야기하면 Y는 어쩌면, 찻잔 속의 폭풍우라고 말할 것만 같았기 때문이다.

수는 자기 앞에 놓인 아메리카노를 반도 넘게 남겼다. 수는 자신을 찾아온 친구이니 자신이 찻값을 내는 건 당연하다고 생각했지만 Y와 헤어지고 난 후 계산서를 들여다보는 순간 헉, 소리가 나올 뻔했다. 어지간한 식당의 밥 한 끼 값을 훨씬 웃도는 가격이었다.

3

너무 더워서 수영을 한 것뿐입니다.

남자는 극구 주장했다. 신고한 지 삼 분도 안 되어 강으로 달려와 일사천리로 남자를 강물 밖으로 끌어낸 응급구조대원들은 어처구니없다는 표정으로 서로를 마주 보았다. 모두들 예상치 않은 상황 앞에서 조금씩 당황하고 있었다. 당황스럽기는 신고한 정도 마찬가지였다.

이렇게 불어난 강에서 수영하면 어떡합니까? 익사할 작정이 아니라면 말입니다. 운이 좋은 줄 아시오.

구조대원 중 한 명이 다짐하듯 말했다. 어쨌든 우려한 일은 벌어지지 않았다. 상황은 오해에서 비롯된 해프닝으로 일단락 지어졌다.

정은 다리 밑의 재킷과 넥타이가 왜 낯익었는지 비로소 깨달았다. 남자는 봄부터 내내 단벌로 병실을 드나들던 문가 자리 환자의 남편이었다. 노트북이 든 가방을 들고 늦은 밤이면 병원에 나타나 우두커니 앉아 있다가 돌아가곤 하던 남자였다. 다른 환자들의 보호자나 간병인들 누구하고도 말을 섞지 않았다. 중환자실에서 일반 병실로 내려온 남자의 아내 역시 정의 어머니처럼 코마 상태였다. 아이를 낳다가 그렇게 되었다고 했다.

정의 병실엔 그런 환자뿐이었다. 나아서 퇴원을 하는 경우는 아직 보지 못했다. 치료를 포기하고 요양원으로 옮겨 가거나, 병원비를 감당하지 못해 집으로 데려가거나 지하로 실려 가는 식이었다.

자꾸 말을 걸어줘야 해요. 말도 걸어주고 손도 잡아주고, 가까운 사람들이 자꾸 알은척을 해줘야 환자도 돌아올 생각을 하는 거지요. 기적이란 것도 있답니다. 하지만 노력해야 기적도 일어나는 겁니다. 난 본 적 있어요. 기적을요.

보다 못한 간병인이 남자에게 타이르듯 말하면, 남자는 당장 울음보가 터질 것 같은 표정이 되어 슬그머니 고개를 돌리곤 했다. 남자에겐 그 상황이 그저 버겁게만 보였다. 정이 보기에 남자가 고용한 간병인은 자기 일에 노련하고 성실한 사람이었다. 그건 남자나 그의 아내에겐 불행 중 다행이었다.

기적이라니. 정은 마치 다 죽어가던 낱말이 다시 살아 돌아온 것처럼 새삼 기적이란 말에 대해 생각했다.

4

저녁 회진은 비교적 일찍 끝났다. 병실엔 나른한 정적이 감돈다. 간병인들은 저녁 식사를 하기 위해 자리를 비웠다. 병실에는 환자들과 여자와 수뿐이다. 간병인들은 어디에서 어떤 식으로 끼니를 해결하는 걸까? 수는 음량을 낮춘 텔레비전을 멀거니 바라보며 생각했다. 아내의 간병인은 오십대쯤 되어 보인다. 그녀에게도 가족이라든가, 가정이란 게 있을 터였다. 간병인에게 지불하는 보수가 병원비를 웃돌았다. 그게 늘 부담스럽다고만 생각했지 하루 스물네 시간을, 한 달 내내 병원에서 보내야 하는 그녀의 삶에 대해 생각해본 적은 없었다.

병실에선 모두들 좋아하는 주말 연속극이 나올 때를 제외하고는 언제나 볼륨을 제로로 해둔 채 텔레비전을 켜놓곤 한다. 텔레비전에서는 요즘 유행이 되어버린 여행 다큐멘터리가 방영되고 있었다. 유럽이나 미국, 중국이나 일본 여행은 이젠 식상한 코스였다. 앞다퉈 오지를 찾아내 보여주는 게 유행이 되어버렸다. 저렇게 방송을 타버리면 더 이상 오지가 아닌데 말이다. 아무 신비스러운 구석이 없는 지구, 낱낱이 발가벗겨진 지구란 어쩐지 늙은 작부 같은 느낌이라고 수는 생각했다.

친절한 자막 덕택에 소리가 들리지 않아도 불편할 것은 없다. 아직도 구석기 문명을 간직하고 있는 원주민들이 살아가는 섬이라고 한다. 여자들의 가슴 부분과 남자들의 드러난 성기 부분은 부옇게 처리되었다. 추장이란 자가 자신의 움막에서 뭔가를 끌고 나온다. 종족의 영웅으로 추앙받던 자의 미라다. 삼백 년이나 된 것이라고 추장은 홍감스레 떠벌린다. 고기를 훈연하듯 연기에 수없이 그을려 만들었다고 한다. 자연광 앞에 드러난 미라는 다리에 검붉은 핏줄과 심줄이 생생하다. 두개골에 움푹한 구멍을 보다 수는 구역질이 날 것만 같다. 성기나 여성의 가슴을 보여주는 것보다 훨씬 외설적이고 부도덕해 보인다. 추장은 그걸 보여준 대가로 돈을 요구한다. 구석기 문명도 돈의 위력 앞에서는 자유롭지 못하다.

여자는 수에게 찻잔을 내밀었다. 생강 냄새가 훅 끼쳐왔다. 텔레비전에 눈길이 잡혀 있던 수는 벌떡 일어나 여자가 건네는 잔을 받았다. 감기 기운이 있다 싶으면 수의 아내도 생강차를 타주곤 했다. 수는 가볍게 목례를 했다. 어디선가 낮게 코 고는 소리가 들려왔다.

여기서 저 아래는 너무 가까워요. 그 차이란 게 별게 아니죠.

여자는 왼손 검지로 자신의 발밑을 가리키며 한마디 툭 던졌다. 수는 영문을 몰라 여자를 우두커니 바라보았다. 그뿐, 여자는 휙, 돌아서더니 병실 밖으로 나가버린다. 수는 생강차를 한 모금 마셨다. 차는 알맞게 따뜻하고, 적당히 맵싸하고 달콤하다.

여자는 병실에 살림을 차린 것 같았다. 창가의 그녀 자리엔 없는 게 없었다. 커피포트, 캐릭터 알람시계, 이따금 붉은 꽃이 피는 제라늄 화분, 냄비, 밥그릇, 컵 따위의 취사도구들, 손전등(여자는 한밤중에 손전등을 켜고 책을 읽거나 뭔가 쓰곤 한다), MP3와 헤드폰, 몇 종류의 잡지들, 헤어드라이어까지. 아무튼, 병간호를 위해 태어난 여자 같았다. 수는 효녀 콤플렉스를 가진 여자일지도 모른다고 시니컬하게 생각한 적도 있었다. 결론을 말하자면 안됐네, 였다.

수는 간병인이 전해준 병원비 중간 계산서를 들고 서둘러 병실을 나선다. 계산서에 쓰인 숫자에 가슴이 턱 하니 막혀오는 느낌이었지만 막막해하는 모습을 간병인에게 들키고 싶지는 않아서다. 무작정 로비 한쪽의 휴게실로 간다. 커피전문점은 셔터를 내렸고 탁자 위에 마시다 만 종이컵이 몇 개 놓여 있다. 수는 검은 액체가 든 종이컵을 들어 한 방향으로 흔들어본다. 액체는 소용돌이를 일으키며 돌기 시작한다. 그는 점점 속도를 높인다. 잔의 중심에서 흰 거품이 인다. 내 잔을 이렇게 흔들어대는 손은 누구인가? 제발 내 잔을 그냥 내버려두라. 제발.

수는 잔을 내려놓고 로비를 지나 병원 밖으로 빠져나온다. 온종일 난장 같던 주차장은 어둠에 잠겨 있다. 수는 담배를 찾듯 주머니를 뒤지다 말고 다시 로비로 들어가 지하로 내려간다.

지하에는 외부인 출입 금지 표시가 붙어 있는 기계실과 소규모의 편의점, 직원용 식당이 전부다. 오래전에 지어진 건물이어서인지 지하에 주차장조차 없다. 그래서 병원 마당은 온종일 주차난인 모양이다.

여자가 손가락질로 가리킨 이 아래란 여기가 아닌지도 모른다. 여자가 정확하게 무어라고 말했는지 수는 기억나지 않는다. 그런데 또 이상하게 여자의 말이 마음에서 떠나지 않는다. 다 부질없는 짓이지. 수는 중얼거리며 계단을 올라간다.

수는 편의점에서 산 담배를 들고 건물 뒤쪽으로 걸어간다. 건물은 강을 등지고 서 있다. 건물 뒤쪽으로도 드문드문 자동차가 주차되어 있다. 수는 가로등 아래 서서 담배를 피운다. 지출을 줄이기 위해 시작한 금연 약속은 청구서 한 장에 맥없이 무너져버렸다. 강바람이 서늘하다. 문득 건물 옆에 출입문이 보인다. 그는 무심코 출입문을 열고 한 발짝 들어선다. 어떤 판단을 할 틈도 없이 그는 어둠 속으로 동댕이쳐진다. 다행히 허공은 깊지 않아서 심하게 다친 것 같지는 않다. 그는 천천히 몸을 일으키고 주변을 둘러본다. 등 뒤로 닫혀버린 문의 자취조차 가늠할 수 없다. 몸은 아프지 않다. 단지 아무것도 보이지 않는다는 게 문제다. 순백의 어둠이랄까? 말이 되진 않지만 그런 느낌이다.

뭐지, 이건?

그는 숨을 길게 내쉰다. 아무리 눈을 부릅떠도, 아니 그러면 그럴수록 더 앞이 캄캄해지는 기분이다. 단지 어두울 뿐인데 몸의 중심을 잡기가 어렵다. 주머니 속에 휴대폰은 없다. 병실에서 충전기에 꽂아둔 채 그냥 나온 게 생각난다. 라이터도 없다. 동댕이쳐지는 서슬에 잃어버린 모양이다.

겁내지 마. 이렇게 굴러떨어질 줄 알았잖아. 늘 두려워하던 일이 비로소 벌어진 것뿐이야. 보호 장구가 없으니 좀 더 아플 뿐이지. 알고 보면 별일 아닐 거야. 드디어 굴러떨어졌잖아. 이젠 좀 안심해도 돼. 언제나 이렇게 되는 걸 두려워했다. 이런 순간이 올까 봐. 이렇게 앞이 캄캄해지는 순간이 올까 봐 얼마나 조바심을 쳤는데, 결국 오고야 말았다. 그러니 겁내지 마.

수는 눈을 감는다. 눈을 감으니 오히려 마음이 가라앉는 것 같다. 그는 눈을 감은 채 천천히 일어서서 두 손을 더듬이처럼 앞으로 뻗는다. 그리고 한 발짝씩 앞으로 나아간다.

예정일보다 일찍 세상에 나온 아이는 곧장 인큐베이터로 들어가야 했고 의식을 회복하지 못한 아내는 중환자실로 들어갔다. 그때는 일이 이렇게 길어질지 몰랐다. 면회 시간에 맞춰 아이를 만난 후 아내를 보러 가거나, 또 다른 날은 아내를 보고 나서 아이를 만나러 갔다. 아이는 다행히 정상적으로 자라 퇴원했다. 퇴원 후 곧장 노모의 집으로 가서 아직 엄마 얼굴도 보지 못했다. 그날 이후 수 역시 아이를 만나지 못했다. 아내가 곧 깨어날 거라고 생각해서 미루었던 건데 계절이 완전히 바뀌어버렸다.

단지 내 가정을 꾸리고 싶었을 뿐이다. 그게 그렇게 큰 욕심인가?

수는 처음으로 소리 내어 부르짖는다. 그리고 좀 운다. 얼마나 걸었는지 모른다. 고작 열 발짝쯤일 수도 있고 백 걸음이 넘을지도 모른다. 서늘한 시멘트 벽이 손에 닿았고 그다음부터는 그 벽에 의지해 앞으로 나아간다. 걷기가 한결 수월해진 느낌이다. 희미하나마 무슨 소리인가 들리기 시작한다. 수는 살며시 눈을 뜬다. 굴절되어 들어온 빛은 환하게 복도의 윤곽을 드러내고 있다. 빛을 따라 모퉁이를 돌자 난데없이 빛의 폭포라도 맞닥뜨린 것처럼 환하다. 사람들의 목소리가 보다 분명하게 들려온다. 수는 부신 눈을 연방 끔벅이며 복도를 따라 걸어간다. 늘어선 화환들이 나타난다. 소복을 입은 여자가 부은 얼굴을 하고 고개를 숙이고 지나간다. 벗어놓은 신발들이 아무렇게나 모여 있는 게 보인다. 영정 사진 속의 남자는 환하게 웃고 있다. 건을 머리에 쓴 남자가 모로 쓰러져 코를 골며 잠들어 있다. 또 다른 영정 사진이 보이고 비슷한 광경이 이어진다. 수는 복도를 따라 내처 걷는다. 걸음걸이에 점차 자신감이 묻어난다. 장애인을 위해 비스듬한 경사로 낸 길을 따라 올라가니 가로등이 빛나는 마당이다.

여기, 계셨군요.

마당에서 마주친 여자에게 수는 목례를 하며 어색하게 말을 건넨다.

아, 예. 강바람이 좋아서요.

여자는 담담하게 대꾸한다.

여기에 이런 시설이 있는 줄 오늘 처음 알았어요.

수도 얼굴에 스치는 바람이 싫지 않다.

전 매일 밤 이리로 나오는 걸요. 전 이곳에서 만나는 사람들의 분위기가 좋아요. 자기가 인간인 걸 잠시나마 깨닫게 되는 몇 안 되는 장소 중 하나가 여기인 것 같거든요.

그럴지도.

여자는 가로등에 기대서 있다. 어둠에 잠긴 여자의 실루엣은 쓸쓸해 보인다. 수는 고개를 뒤로 젖히고 먼 하늘을 아득히 올려다본다. 하늘에 별들의 자취가 흐릿하다.

천 미터 상공에서 인간의 땅을 본 적이 있어. 모여 있는 불빛은 참 가지런하고 아름답고 따뜻해 보였어.

Y는 말했다. Y가 아름답게 내려다본 그곳이 바로 여기였다. 누구에겐 아수라 지옥이고 또 누구에겐 천국인 이곳이었다.

수는 여자의 시선을 따라 강변을 바라본다. 강둑에 점점이 늘어선 가로등 빛은 활짝 피어난 꽃송이 같다. 어둠에 잠겨 보이지 않아도 강은 저 아래서 여전히 서로를 부르며 흐르고 있을 터였다. 그건 의심하지 않아도 되는 일 중 하나였다.

아메리칸 앨리

거울에 비친 얼굴은 썩 만족스럽진 않지만 어두운 실내조명과

그녀의 흐려진 시력 덕분에 그럭저럭 괜찮아 보인다.

그녀는 중얼거린다. 아직은 낫 배드.

냄비 뚜껑이 들썩이며 거품이 넘쳐흐르기 시작했다. 그녀는 재빨리 가스레인지를 잠갔다. 찬밥에 물을 붓고 걸쭉하게 끓여 김치와 멸치볶음을 곁들인 메뉴가 그녀의 아침식사였다. 어제 저녁과 별다를 게 없다. 방바닥에 펼쳐둔 철 지난 달력은 밥상 대신이다. 달력은 이따금 메모지 역할도 하고, 때로는 손톱과 발톱을 깎아 모으는 용도로 사용되기도 한다. 음식 국물이 흘러 못 견디게 더러워지면 그제야 폐기 처분된다. 그녀의 집에서 하찮게 취급되는 것은 하나도 없다.

십 분도 채 걸리지 않는 단출한 식사였다. 적은 양의 음식이지만 그녀에겐 충분했다. 먹다 남은 반찬이 든 플라스틱 통은 방 한편의 작은 냉장고로 다시 들어가고, 밥을 끓인 양은 냄비와 수저와 젓가락은 흐르는 물에 한 번 헹구어내는 것으로 설거지는 끝난다.

모든 것이 점점 간결해지고 있다. 식사를 준비하는 일은 점차 단순해졌고, 식사 시간도 그만큼 짧아졌다. 그녀의 하루 일과 역시 그랬다. 그녀는 생존에 필요한 최소한의 노동에만 헌신했다. 그리고 남아도는 대부분의 시간에 그녀는 그저 누워 있거나, 라디오를 들으며 누워 있거나, 잠을 잤다. 게다가 이 모든 일들이 세 평 남짓한 공간 안에서 가장 짧은 동선으로 이루어졌다. 그러니 적은 양의 식사는 그녀에게 더할 나위 없이 적절한 것이다.

그녀는 점차 외출도 하지 않는다. 젊은 날 직업상의 방종을 상쇄하기라도 하려는 듯 골방에서 수도하듯 살고 있다. 더 이상 만나야 할 사람도 없고, 무엇보다 그녀에게 집 밖의 거리는 화성처럼 낯설다. 지난여름 발작하듯 찾아온 현기증 때문에 길 한복판에서 정신을 잃었던 이래로 그녀는 외출을 극도로 삼가고 있다.

시간은 아직 오전 일곱 시도 지나지 않았다. 거리로 면한 창밖에서는 인기척은 물론 자동차 소음이나 개 짖는 소리조차 들려오지 않는다. 이 거리 사람들에게는 아직 이른 시간이기도 하지만, 사실 언젠가부터 온종일 한산하다. 네온사인이 불야성을 이루고 취객이 만들어내는 소음으로 흥청대던 시절은 오래전에 끝났다. 본국으로 송환되거나 중동의 나라로 파병되거나 혹은 기지 이전으로 인해 주둔군의 수는 눈에 띄게 줄었다. 경찰의 우두머리가 매춘과의 전쟁을 선포한 후 이 거리에서 삶을 이어가던 많은 여자들은 새로운 일터를 찾아 어딘가로 떠나갔다. 그 빈자리를 피부색과 머리카락, 눈동자 색깔이 제각각인 이국의 여자들이 메웠다. 거리의 점포들은 몇 달 못 가 폐업 쪽지를 내다 붙이곤 했다. 그 자리에 새로운 간판을 달고 새로운 업종의 점포가 들어서기도 했지만 그 역시 오래가지 않아 '점포 세놓음'이란 팻말이 내걸리기 일쑤였다. 이 도도한 흐름을 거스를 수 있는 것은 아무것도 없어 보였다.

그녀는 이제 이런 외부의 변화에 둔감하다. 더 이상 어떤 것도 그녀의 관심을 끌지 못한다. 그녀의 젊음이 오래전에 사라진 것처럼 이 거리도 퇴락했다. 어느 쪽이 먼저였는지는 조금도 중요하지 않다. 그녀는 그 사실을 계절의 변화만큼이나 자연스럽게 받아들였다.

자신의 얼굴에 겹겹의 커튼처럼 드리운 주름살을 생각하면, 중력에 고스란히 순응하며 아래로 처진 가슴을 생각하면, 가늘어진 팔다리와 기형적으로 부푼 아랫배를 생각하면, 주변의 변화쯤이야 한숨거리도 되지 않았다. 그녀는 곧잘 나지막하게 중얼거리곤 한다.

아이 돈 케어, 아이 돈 케어, 아이 돈 케어.

오래전 주리를 찾는 고객이 끊이지 않았던 때, 이 거리 역시 생기와 활기로 가득했다. 영원히 계속될 것만 같았던 나날들은 클라이맥스를 지난 연극처럼 갑자기 막을 내렸다. 더 이상 그녀를 필요로 하는 이들이 없어지자 그녀는 새삼스럽게 이문자라는 이름을 되찾았다. 한때는 되찾고 싶었고, 또 한편으로는 잊고 싶었던 이름이다. 딸부자 집에서 중간쯤의 서열로 태어난 탓에 순자, 영자, 미자, 명자, 이런 식으로 얻어걸린 이름이었다. 돌림자로 '자'가 아닌 '희'를 썼다면 한결 부드러운 느낌이 들지 않았겠냐고 성의 없는 작명가인 아버지를 이따금 원망하던 시절도 지금은 아득하다. 그랬다면 문자가 아니라 문희였을 것이다. 문희였다면 그녀의 운명이 조금은 달라졌을까. 그건 아무도 알 수 없는 일이다.

동사무소에 생계보조금을 신청하기 위해 그녀의 이름은 새삼 필요했다. 그녀는 국가의 보호로 물에 만 밥과 밥보다 중요한 약과 부엌이 딸린 방 한 칸을 가까스로 가질 수 있었다. 그게 다였다. 그리고 그거면 된다고 생각했다.

새참 먹는 시간보다 짧은 아침 식사가 끝나면 그녀는 몇 종류의 약을 복용한다. 어떤 곳에 소용되는 약인지 궁금해하지 않는다. 규칙적인 식사처럼 규칙적인 투약이 그날분의 평화와 안녕을 보장해준다면 그뿐이다. 그러고 나면 그녀에겐 일종의 의식이자 유희의 시간이 찾아온다. 어쩌면 이 시간을 위해 그녀는 밥을 먹고 약을 먹는지도 모른다.

작은 냉장고 위는 그녀의 화장대다. 받침대가 달린 둥근 거울과 노점에서 산 싸구려 화장품들과 몇 가지 색깔의 매니큐어, 머리빗, 헤어밴드 따위가 가지런히 정돈되어 있다. 그녀는 화장대

앞에 경건히 자리를 잡고 반세기의 역사를 가진 습관이자 의식을 시작한다. 외출할 일도, 누군가를 만나거나 누군가가 찾아올 일이 없어져버린 지금도 그녀는 아침마다 공들여 화장을 한다.

기름기가 사라진 메마른 살갗에 비누 거품을 내서 세수하는 것이 첫 번째 순서다. 나무껍질 같은 얼굴에 스킨과 로션을 손바닥으로 두들겨 바른 후 영양크림을 펴 바르면 피부에는 잠시 윤기가 도는 듯도 하다. 주름살 사이사이까지 고루 퍼지도록 파운데이션을 바르고 분첩으로 눌러주면 밑 화장은 끝난다. 아이브로펜슬로 눈썹을 정돈하듯 그리고, 속눈썹 라인을 강조하고 난 후 보라색 아이섀도로 쌍꺼풀에 은은하게 음영을 주는 게 세 번째 단계다. 마지막으로 빨간 립스틱을 바르고 아래와 윗입술을 마주 비벼댄 후 입술을 살짝 벌리고 거울을 본다. 젊었을 때에 비하면 그녀의 화장 역시 단출해졌다. 속눈썹을 붙이거나 볼터치를 하거나 눈가에 점층적인 농담을 두어 공작의 날개 같은 색조 화장을 하는 따위는 경제적, 환경적 여건상 생략한 지 오래다.

세수하느라 빼둔 연녹색 알 굵은 반지를 왼쪽 약지에 끼우면 짧은 의식은 모두 끝난다. 그녀는 다시 한번 거울 속 여인을 바라본다. 입을 삐죽 내밀어도 보고 이마 위에 흐트러진 머리카락을 이마를 절반쯤만 가리도록 주의하면서 가지런히 한쪽으로 쓸어내리기도 한다. 거울에 비친 얼굴은 썩 만족스럽진 않지만 어두운 실내조명과 그녀의 흐려진 시력 덕분에 그럭저럭 괜찮아 보인다. 그녀는 중얼거린다.

아직은 낫 배드.

화장을 마치고 나서도 그녀에겐 여전히 긴 하루가 남아 있다. 그녀가 할 일은 오직 그 길다면 길고 짧다면 짧은 시간을 불평 없이 견디는 일뿐이다.

그녀는 밤새 윗목에 놓아둔 요강을 비우기 위해 방을 나선다. 담벼락과 건물 사이의 비좁고 어둑한 통로를 지나 집 뒤쪽에 있는 화장실까지 가야 한다. 그녀로선 하루 일과 중 가장 성가신 일이다. 빈 요강을 안채 마당가에 있는 수도에서 물로 헹구어낸다. 나그네들만 사는 집 마당은 휑뎅그렁하고 구지레하다. 가장자리가 무너져 내리기 시작한 장독대에는 금 간 항아리들과 오래전에 뿌리까지 말라죽어 버린 화분 따위가 멋대로 나동그라져 있다. 수돗가는 습기로 썩어가면서도 어두운 빛깔의 이끼류를 키워낸다. 수챗구멍으로는 이따금 덩치가 새끼 고양이만 한 시궁쥐들이 머리통을 드러내곤 한다. 인기척이 있어도 놈들의 행동거지는 느긋하기만 하다. 이 집에 뭐 먹을 게 있다고. 그녀는 혀를 차곤 한다. 녀석들의 살집이 실한 걸 보면 그녀의 생각과는 달리 이 집이 쥐들에게는 꽤 살 만한 곳인지도 모른다. 언젠가 라디오에서 들었다. 극지 연구소 주변에 쥐들이 출몰하기 시작했다는 뉴스였다. 쥐들이 극지 생태계를 교란할 거라는 게 뉴스의 핵심이었다. 인간이 있는 곳이면 쥐도 있었다. 쥐는 인간이라는 종족이 멸종해도 인간보다 훨씬 오래 살아남을 거라고 그녀는 생각했다.

안채는 조용하다. 현관문 밖에 빈 술병이 열병식 하듯 늘어서 있다. 술병의 수는 꾸준히 늘어나고 있다. 지난밤 안채 창가는 늦은 밤까지 텔레비전에서 내쏘는 빛으로 깜박였다. 텔레비전 소음 사이로 여자의 중얼거림 같기도, 훌쩍임 같기도 한 소리가 새어 나왔다. 마당에서 담배를 피우곤 하는 그녀로서는 듣지 않으려 해도 들을 수밖에 없었다. 털북숭이 백인 사내는 요즘 보이지 않는다. 안나, 안나, 대문 밖에서부터 불러대는 녀석의 목소리도 언젠가부터 들을 수 없었다.

안나의 배는 북통처럼 부풀어 올랐다. 올봄에 안나가 이 집에 이사 왔을 때도 살집이 꽤나 두툼해 보이긴 했다. 추운 나라에서 왔다고 했다. 엉덩이며 허벅지 살이 어찌나 흐벅진지 문자도 집주인 사내처럼 잠시 넋을 놓고 바라보았다. 가슴 양쪽에는 실하게 익은 멜론이 매달린 것 같았다. 그 몸에 임신을 하니 몸통이 거대한 살덩어리가 되었다. 어디까지가 살이고 어디부터가 임신으로 인한 변형인지 구분하기 어려웠다. 안나에 비하면 같이 살던 그녀의 친구 올가는 프랑스 여자처럼 호리호리했다. 올가는 반년이 못 되어 귀국하는 군인을 따라 그의 나라로 떠났다. 싹싹하고 붙임성 있는 올가가 떠나고 나자 문자는 내심 안나만큼이나 서운해했다.

안나는 늘 부루퉁한 얼굴이었다. 투덕투덕한 얼굴이어서 표정만 좀 바꿔도 밉상은 아닐 텐데 얼굴에 웃음기가 없는 편이었다. 설상가상 올가가 떠나고 나자 숫제 울상이 되어버렸다. 올가가 떠난 후 안나의 우울감은 한층 심해진 듯했다. 외로움과 불안감을 알코올로 위안하는 모양이었다. 마당에서 문자와 맞닥뜨려도 딱히 알은체도 안 했다. 그건 문자도 마찬가지였다. 그녀 역시 젊은 것과 친해보려고 애쓰지 않았다. 결국은 떠날 사람이었다.

문자는 애써 굽은 허리를 펴고 담배를 빼물었다. 담배 연기만큼 진한 입김이 끊임없이 눈앞에서 흩어졌다. 날씨가 하루가 다르게 추워지고 있었다. 겨울이면 살기가 한층 더 팍팍했다. 무엇보다 난방비 때문이었다. 문자는 수도가 얼어붙기 전에 헌 옷가지로 동여매야겠다는 생각을 했다.

문자는 자신의 입에서 간단없이 뿜어져 나오는 입김을 맥없이 바라보았다. 입김이 나올수록 체온도 빼앗길 것만 같은 안타까운 생각이 들었다. 그래도 피우던 담배를 중간에 꺼버리고 싶지는 않았다. 문득 지난여름 풍경이 떠올랐다. 덩치 큰 백인 남녀가 마당에서 등목 하는 모습은 볼만했다. 톰이라던 털북숭이 녀석의 가슴팍은 온통 누르스름한 밀림이었다. 녀석은 호스를 빠져나온 물줄기가 넓은 등짝에 쏟아질 때마다 원더풀, 원더풀, 알러뷰, 알러뷰, 되는대로 지껄여댔다. 찬바람이 불면서 톰은 뜸해졌다. 안나의 얼굴에는 기미가 짙어졌다. 안나는 더욱 우울하고 슬퍼 보였다.

문자는 기억한다. 남자들이 어떻게 다가왔다 어떻게 사라지는지. 처음에 그들은 달콤한 목소리로 귓가에 속삭인다. 아이 돈 라이크 슬립 얼론. 시간이 지나면 사랑의 속삭임은 이렇게 바뀌었다. 아이 돈 러뷰 애니모어. 마침내 보다 짧고 효과적인 말로 종지부를 찍었다. 아이 해이츄. 설탕 같은 말로 달콤하게 속삭이는 남자들일수록 절대 믿지 말 것. 그녀는 섣불리 자신의 깨달음을 토로하지 않는다. 젊은 그들에게는 경험에서 우러난 어떤 충고도 노인의 넋두리에 불과할 거라는 걸 문자는 잘 알고 있었다.

문자는 요강을 윗목 제자리에 놓고 라디오를 켠다. 그녀가 주리로 불린 햇수만큼이나 오래된 라디오였다. 그녀의 방엔 텔레비전이 없다. 그녀는 라디오로 시작해서 라디오로 하루를 마친다. 라디오가 그녀의 반려자인 셈이다. 주리가 이문자로 바뀌는 변화가 왔지만 라디오를 텔레비전으로 바꾸지는 않았다. 그녀의 고독한 생활을 가련하게 여긴 동네 부녀회장이 중고 텔레비전을 얻어다 그녀의 방에 설치해준 적이 있었다. 문자는 진심으로 그녀의 호의에 감사했다. 하지만 그뿐이었다. 문자는 텔레비전 속 세상을 견디기 어려웠다. 자신의 삶과 텔레비전에서 보여주는 삶이 조화하는 건 불가능하다는 걸 머지않아 알게 되었다. 그토록 열심히 살지만 그토록 불행한 사람들, 지상 최고의 목표는 사랑이라는 듯 인생을 걸고 사랑하는 남자와 여자 들이 나오는 드라마, 행복과 선에 관해 큰 소리로 떠들어대는 사람들, 그 모든 것이 텔레비전 속에서 어지럽게 충돌했다. 그녀는 텔레비전을 보다 풍랑을 만난 배에 탄 것처럼 자주 구역질이 났고 나중엔 텔레비전 켜기가 두렵기만 했다. 자신을 긍정하기 위해 그녀는 텔레비전을 추방했다.

그녀에게 이문자란 이름을 찾아준 건 관공서였다. 사회복지과 직원이 찾아와 이문자를 호명했을 때 그녀는 심지어 그 이문자가 자신을 지칭하는 것임을 깨닫는 데 제법 시간이 걸리기조차 했다. 그 후 한동안은 자신이 문자인지 주리인지 헷갈렸다. 어느덧 자신을 주리라 부르는 사람들이 주변에서 차츰 사라져갔다. 대신 구석방 할머니로 불리기 시작했다. 그녀를 앨리 캣이라 부르던 털북숭이들은 이미 떠난 지 오래였다. 그녀는 더 이상 거리의 고양이가 아니었다. 그녀는 이따금 주리의 삶이 이문자의 삶으로 바뀌는 건 아닐까 헛된 희망을 품기도 했다. 머지않아 그녀는 이문자든 주리든 달라지는 건 아무것도 없음을 깨닫게 되었다. 더 이상 이름 따위 상관하지 않았다.

이문자의 부모는 이미 이 세상 사람이 아니었다. 형제 중 몇도 일찌감치 세상을 등졌다. 남아 있는 형제들도 오래 왕래를 하지 않아 거리의 낙엽만도 못한 사이가 되었다. 동고동락했던 동료들은 오래전에 뿔뿔이 흩어졌고, 다시 만나지 못했다. 그녀와 그녀의 동료들에게 신세계를 열어줄 것만 같았던 이국의 사내들 역시 마찬가지였다. 그리고 이제는 그녀가 사라질 차례였다. 열여섯 살에 고향을 떠나올 때 여고생이 되어 돌아가리라 결심했었던 것과 같은, 후일을 기약하는 그런 사라짐이 아니라 말 그대로 완벽히 사라져야 할 때가 목전에 다가왔다는 걸 그녀는 깨닫고 있었다. 그러니 그녀의 이름이 이문자건 주리건 구석방 할머니건 하등 중요하지 않았다.

그녀가 생각하는 임종은 대단한 게 아니다. 요양원에서 타인들의 코를 싸쥐게 하는 썩은 내를 풍기며 하루하루 죽어가는 것은 사양이다. 중환자실에서 값비싼 의료 기구들을 매달고 하루하루 연명하는 것 역시 사양한다. 그저 자신의 골방에서 라디오를 들으며, 가능하다면 좋아하는 음악이 나오는 순간에 조용히 떠나고 싶은 것이다. 라디오가 지켜보는 임종, 그거면 된다.

그녀는 오래된 노래가 나오는 채널을 즐긴다. 올드 팝이나 클래식 음악은 여전히 라디오에서 들을 수 있는데 오래된 대중가요들은 점점 듣기 어렵다는 게 그녀의 유일한 안타까움이다. 〈낙엽 따라 가버린 사랑〉, 〈돌아가는 삼각지〉, 〈알뜰한 당신〉. 그녀는 이런 노래가 라디오에서 흘러나오면 하던 일을 멈추고, 숨을 죽이고 노래를 들었다. 예외 없이 그녀의 메마른 눈가에 눈물이 맺혔다.

채널을 이리저리 돌리다 귀에 익은 선율이 잡히자 문자는 가만 귀를 기울인다. 아나운서의 해설을 듣지 않아도 잘 아는 음악이다.

여러 가지 버전의 〈로미오와 줄리엣〉이 있지만 역시 프랑코 제피렐리 감독의 1968년 작 〈로미오와 줄리엣〉이 가장 기억에 남는군요. 유진 웰터 작곡, 글렌 웨스턴의 목소리로 듣습니다. 〈왓 이즈 어 유스〉.

어느 해던가? 연도까지는 기억나지 않는다. 아마 휴일이었을 것이다. 동료들과 시내에 나가 목욕을 하고 맛있는 음식을 사 먹고, 저 영화를 보았던 적이 있었다. 영화 내내 옆자리의 누군가는 눈물을 훌쩍였다. 그때를 인생의 봄날이라고 할 수 있을까? 그때는 꿈이란 게 있었을까? 그날의 주리는 오늘의 문자를 상상이나 했을까? 줄리엣으로 나왔던 여배우만큼이나 그녀 역시 젊고 아름다웠던 때였다. 올리비아 핫세처럼 검고 윤기 나는 머리칼을 가지고 있었고 그 머리칼에 뺨을 부비며 경탄하는 사내들이 그녀의 곁에 있었다. 늙음은 머리카락에도 공평하게 찾아온다. 지금 그녀의 백발은 한 움큼도 되지 않는다.

젊음이란 무엇인가요. 격렬한 불꽃이에요. 처녀란 무엇인가요. 냉담과 욕망이에요. 장미는 꽃을 피우지만 곧 시들 거예요. 젊음도 가장 아름다운 처녀도 마찬가지예요. 죽음은 우릴 잠재우기 위해 다가올 거예요. 사랑은 꿀보다도 더 달콤하고 쓸개보다 더 쓰지요.

노랫말의 의미를 나지막이 읊조리는 아나운서의 멘트가 잠시 멈출 때마다 그녀는 가만히 고개를 끄덕인다.

줄리엣과 비슷한 나이에 그녀는 고향을 등졌다. 어떤 비전도 없는 곳이었다. 아버지는 그녀가 언니들이 가보지도 못한 중학교를 삼 년 가까이 다녔으니 감사하라면서 중학교 마지막 학기 수업료를 끝내 마련해주지 않았다. 마을에서 여고에 진학한 소녀는 이장네 고명딸이 유일했다. 여자에겐 초등학교 졸업이면 충분하다고 여기는 곳이었다. 그나마 그녀는 남달리 영민해서 중학교 문턱이나마 가능했던 거였다. 일찌감치 공장살이 해서 월급을 보내준 큰언니 덕분이었다. 큰언니가 직장에서 남자를 만나 결혼하게 되면서 학비는 끊겼다. 그때 문자의 인생 목표는 여고 진학이었다. 그녀의 목표를 방해하는 고향은 더 이상 필요 없었다. 그렇게 감행한 출분이었다. 일 년간 공장살이 해서 번 돈으로 일 년간 여고 생활을 했다. 그리고 그 일 년을 마지막으로 학업은 끝났다. 분투했지만 끝내 학교로 되돌아가지 못했다. 그때 마을의 다른 여자아이들처럼 이웃 도시 공장에 취직을 하고 비슷한 조건의 남자를 만나 결혼을 하고 아이를 낳고 그럭저럭 살았다면 어땠을까. 문자는 생각하고 또 생각했다.

해가 이울기 시작한다. 그녀는 창가에 아직 볕이 남아 있을 때

이른 저녁을 먹곤 한다. 냄비에 쌀을 한 줌 넣어 끓이다가 쌀알이 익을 때쯤 라면을 넣고 끓인다. 마지막에 아껴둔 버터를 한 숟가락 넣는다. 매일 똑같은 걸 먹을 순 없으니 나름대로 변형을 해보는 것이다. 식사를 마친 후 귤을 두 알 까먹는다. 설거지를 마치고 약을 먹는다. 그녀는 예외 없이 진행되는 과정에 희미한 슬픔과 안도감을 동시에 느낀다.

세상 곳곳에서 사람 수만큼의 저녁 시간이 지나고 있을 테지만 노년의 모습은 별 차이가 없을 터였다. 평생을 학자로 살아온 자는 아침에 일어나면 차를 마시고 어제 읽다 만 책을 읽거나 하다 만 연구 과제를 들여다보다 저녁을 맞이할지도 모른다. 그렇다 해도 그 차이는 대단한 게 아니다. 거기에 우열 따위는 없다. 한 사람에겐 책이, 다른 한 사람에겐 라디오가 그들의 노년을 지탱해주고 있을 뿐이다. 노년은 평등하다. 잉여라는 점에서.

문자는 그렇게 믿고 싶다. 젊을 때는 아무리 해도 다른 사람들과 같아질 수 없다는, 절대로 평범해질 수 없다는 의식에서 벗어나지 못했다. 이만큼 살고 보니 이제 와선 그 모든 발버둥이 무색하게도 모든 게 그냥 희미해져버렸다. 희미해져버린 건 다만 그녀의 의식일지도 모르지만 어쨌든 이건 인생이 그녀에게 주는 유일한 위로이기도 했다.

문자는 고무 통을 방 한가운데 들여놓는다. 뜨거운 물을 바가지로 받아 고무 통으로 나른다. 목욕을 하기 위해서다. 아마 열

흘 만일 것이다. 그녀는 달력에 목욕한 날짜를 꼭꼭 표시해둔다. 날이 추워져서 이보다 자주 하기는 어렵다. 목욕이 끝나면 더러워진 물을 또 한 바가지씩 퍼서 수챗구멍으로 흘려보내야 한다. 번거로운 노릇이지만 딱히 바쁜 일도, 해야 할 일도 없으니 그런대로 할 만하다.

막 고무 통에 몸을 담그려는 순간 누군가 할머니, 하고 부르며 문고리를 잡아 흔들었다.

기다리쇼.

그녀는 한 마디 내뱉고 기껏 벗은 옷을 차례로 다시 껴입었다. 가스 검침원이거나 외판원 혹은 특정 종교를 포교하러 다니는 사람일지도 모른다. 귀찮은 노릇일 법도 하지만 그녀는 누군가 찾아온 것이 싫지는 않아 옷을 입는 손길이 바빠진다. 성질 급한 손님이 기다리다 지쳐 그냥 가버리면 안타까운 노릇이다. 속옷을 챙겨 입고 겉옷을 걸치려는 순간 그녀는 창문으로 집 안을 들여다보는 얼굴과 마주친다. 작고 동그란 아이의 얼굴은 금세 창가에서 사라진다.

집주인 사내를 따라온 아이는 내내 문간에 서서 그녀를 말끄러미 들여다보았다. 동물원에서 원숭이 우리를 들여다보는 아이처럼 호기심 가득한 해맑은 얼굴이었다. 문자는 주인 사내의 이야기에 고개를 끄덕이면서도 시선은 자꾸만 아이 쪽으로 향했다. 주인 사내는 안채의 세입자에 관해 물었고 그녀는 딱히 해줄

이야기가 없었다. 그가 세입자의 안부를 궁금해할 때는 대개 월세가 제대로 들어오지 않을 때였다. 저녁 시간이니 일터에 출근하지 않았겠느냐고 말해주는 게 고작이었다. 북통만 한 배를 하고 무슨 일을 하는지는 알 수 없었지만 그런 이야기는 하지 않았다. 올봄에 부친이 세상을 뜨면서 이 집을 유산으로 물려받은 사내는 골치 아파 죽겠다는 표정으로 이따금 나타나곤 했다. 그에게 다 썩어 허물어져가는 이 집은 빨리 처분해버려야 할 천덕꾸러기에 불과해 보였다. 신분이 불분명한 외국인들이나 독거노인이 세 들어 사는 집의 집주인 노릇이란 그에겐 그저 골칫거리일 뿐이었다. 이 거리에 개발 호재라도 생겨 팔아치울 수 있기만을 날마다 꿈꾸고 있을 터였다.

참, 길고양이들한테 먹을 거 나눠준다면서요? 거, 그러지 마세요. 냄새나고 더럽지 않습니까?

아닌데.

그녀는 혼잣말하듯 말했다. 아들뻘인 주인 사내에게 존대도 하대도 불편했다.

동네 사람들 말 많더라고요. 집 앞은 늘 지저분하고, 밤에는 동네 고양이들이 총출동해서 앵앵거린다고.

남자는 방 한복판에서 김을 올리고 있는 고무 통을 미심쩍은 눈빛으로 바라보며 말했다.

보다시피 나눠주려야 나눠줄 게 없는 살림이라오. 그저, 깨진 그릇에 물을 좀 채워준 것뿐이지. 긴 가뭄에 그것들도 목마를 것 아니오. 집 앞이 지저분한 건 사람들이 쓰레기봉투를 거기에 내다 버리기 때문이우. 벌써 오래전부터 그런걸. 그러다 보니 고양이도 꼬이는 거고.

문자는 느릿하게 할 말은 다했다. 못마땅한 듯 사내의 입꼬리 한쪽이 올라가면서 입가가 잠깐 달싹였다. 그는 동의할 수 없다는 듯 고개를 몇 번 젓더니 돌연 돌아서 나갔다. 그는 들어올 때처럼 나갈 때도 변변하게 인사조차 하지 않았다. 문자는 사내를 배웅하듯 마당가까지 따라 나갔다. 그래도 집에 찾아온 손님이었다. 아이는 어느새 보이지 않았다. 일쑤 열려 있는 대문을 문자는 절반쯤 닫고 돌아섰다. 그믐달이 하늘을 향해 입을 벌린 채 싸늘하게 빛나고 있었다.

문자는 마당에 우두커니 서서 하늘을 올려다보았다. 안채는 캄캄했다. 그녀는 망연한 기분이었다. 자신이 무엇을 하던 중이었는지 얼른 머리에 떠오르지 않았다. 자신을 관찰하듯 훔쳐보던 아이의 영리해 보이던 눈빛이 떠올랐다. 그녀는 방에 들어오자마자 화장 거울을 들어 자신의 얼굴을 바라보았다. 거울 속에는 늘어진 피부에 변장하듯 짙은 화장을 한 다소 기괴해 보이는 노파가 있었다.

이미 미지근해진 물이었지만 문자는 다시 옷을 벗고 들어가 웅크리고 앉았다. 물은 배꼽까지밖에 오지 않았다. 금세 한기가 몰려왔다. 몸 이곳저곳을 대충 때수건으로 문지르고 재빨리 물에서 나왔다. 온몸이 떨려왔다. 옷을 입고 이불을 들쳐 썼다. 물이 완전히 식어버리기 전에 벗어놓은 빨래를 해버려야 비누질이 수월할 거라고 생각했지만 어쩐지 몸이 무거웠다.

깜박 잠이 들었던가. 문자는 어리마리한 상태로 누워 있다 문밖에서 집요하게 들려오는 소리에 의식이 돌아왔다. 그녀는 허리를 절반쯤 세우고 주변을 둘러보았다. 방 한복판에는 여전히 고무 통이 놓여 있었다. 물은 완전히 식어 불은 때가 비누 거품을 이고 둥둥 떠 있었다. 이불을 쓴 채 구부정하게 엎드려 잠이 들었던 탓에 온몸이 몹시 결렸다. 천천히 목운동을 하는데 현관문이 조금씩 달싹거렸다.

누구요.

이상한 날이라고 생각하며 문자는 목소리를 높였다. 예기치 않은 방문객이 많은 날이었다. 문이 덜컥거리는 소리에 사람의 목소리가 섞여 들려왔다. 말귀를 명확히 알아듣기는 어려웠다. 그녀는 잠금장치를 풀고 문을 열었다.

할머니, 도와주세요.

안나였다. 그녀의 알아들을 수 없는 중얼거림에도 불구하고 식은땀을 흘리며 주저앉아 있는 모습에서 문자는 그녀의 말을 단박에 이해했다.

아파요. 도와주세요.

바닥에 주저앉은 안나의 얼굴은 땀과 눈물로 뒤범벅이었다. 산통이 시작되었다는 것을 이번에도 문자는 눈치로 알아차렸다. 문자는 안나를 일으켜 세워보려 했지만 역부족이었다. 안나에게서는 역하게 술 냄새가 났다. 문자는 처음엔 119를 떠올렸다. 이게 응급 상황인지 아닌지 판단하기 어려웠다. 게다가 안나는 술 냄새마저 풍기고 있었다. 문자로서는 이런 상황은 처음이어서 당황스럽기만 했다. 술에 취한 이방인 임산부는 응급구조 대상이 아니라는 지청구를 들어야 할지도 모른다는 생각이 들었다. 안나는 한 손으로는 산더미만 한 배를 떠받치고, 가방을 움켜쥔 다른 한 손으로는 어딘가를 손짓하며 신음 섞인 소리를 토해냈다. 문자는 안나의 손짓을 빨리 병원에 가야 한다는 말로 알아들었다. 하긴 이 상황에서 병원에 가는 일 외에 다른 선택은 없어 보였다.

호출택시는 오 분이 채 못 되어 대문 앞에 나타났다. 혼자 사는 노인이라면 호출택시 번호 정도는 알아두어야 했다. 택시 기사는 안나를 부축해 뒷자리에 태운 후 우두커니 서 있는 문자를 보며 말했다.

할머니는 안 타세요? 보호자신데.

문자는 엉겁결에 뒷자리에 올라앉았다.

어디로 모셔다드릴까?

아기가 나오려나 봅니다.

문자는 어느 결에 안나의 한 손을 잡고 말했다. 안나는 손에 있는 힘껏 힘을 주며 숨을 몰아쉬고 있었다.

그러면 한 군데밖에 없네요. 이 도시에 야간 분만하는 병원은 한 군데뿐이거든요. 십 분이면 갑니다. 걱정 마소. 그나저나 할머니 며느린가요?

기사는 호기심 어린 눈길로 물었다.

안나, 텐 미니츠. 오케이?

문자는 기사의 질문에는 대꾸도 하지 않고 안나에게 십 분만 참으라고 말해주었다. 기사는 룸미러를 통해 이따금 뒷자리로 눈길을 보내긴 했지만 더 이상 호기심을 내보이진 않았다. 이 도시에서 운전을 한다면 굳이 설명하지 않아도 그도 알 만큼은 알 터였다. 안나는 창문에 머리를 기댄 채 가쁜 숨을 뱉어내고 있었다. 그녀의 거대한 배는 눈에 띄게 아래로 처져 있었다. 부푼 가슴이 바쁘게 오르락내리락했다. 금발이 땀에 젖어 이마와 목에 달라붙어 있었다. 수건이 있다면 저 땀을 좀 닦아주면 좋으련만. 문자는 생각했다. 생각뿐 아무것도 하지 않았다. 안나에게 잡힌 한쪽 손에 자꾸 신경이 쓰였다. 타인과 가까워지는 건 물리적이든 심리적이든 문자에게는 한없이 어색하고 버거운 일이었다.

문자는 병원에 와서도 어설픈 보호자 노릇을 해야 했다. 안나는 곧장 분만 대기실로 들어가고 문자는 간호사의 질문에 아는 대로 대답을 했다. 차트를 작성하던 간호사는 빈칸이 많은 차트를 내려다보며 뜻 모를 한숨을 짧게 내쉬었다. 주소와 이름 외엔 문자는 어떤 질문에도 속 시원히 대답하지 못했다.

며느님 아닌가요?

간호사는 미심쩍게 물었다. 오늘 두 번째로 듣는 질문이었다.

옆집에 사는 사람입니다.

그럼 보호자는?

글쎄요. 이제 오겠지요.

그렇다면 나머지는 본인에게 직접 물어봐야겠군요.

간호사는 차트를 탁, 소리가 나게 덮으며 말했다. 문자는 분만 대기실로 들어갔다. 안나는 어느새 자루처럼 생긴 환자복 차림으로 갈아입은 모습이었다. 가슴에 달린 단추들이 채워지지 않아 젖가슴이 훤히 드러났다. 다시 산통이 시작되었는지 안나는 드러난 가슴 따위 신경 쓸 겨를도 없다는 듯이 모로 드러누워 신음을 높였다. 안나가 몸을 뒤척이는 서슬에 문득 아랫도리가 번히 드러났다. 속에 아무것도 입지 않은 상태였다. 그곳은 다른 세계로 통하는 문 같았다. 저 문을 열고 한 생명이 세상으로 나올 터였다. 문자는 어리둥절한 얼굴로 드러난 하체를 바라보다 퍼뜩 정신을 차리고 이불을 덮어주었다. 안나는 눈물과 땀으로 범벅이 된 얼굴로 종이쪽지를 문자에게 내밀었다. 문자는 쪽지를 받아 들고 뭔가 격려의 말을 하려고 입을 달싹였다. 그때 간호사가 다가와서 말했다.

여기 있어봐야 도와줄 일 없으세요. 보호자 분은 나가주세요.

문자는 분만 대기실을 나서기 전 다시 한 번 안나를 바라보았다. 형광등 불빛 아래 드러난 안나의 얼굴은 몰라보게 바스러져 있었다. 열 살은 더 늙어 보였다. 문자는 하릴없이 복도로 걸어 나왔다. 문 하나를 사이에 두고 복도는 다른 세상이었다. 고요하다는 느낌이 드는 풍경이었다. 짐 보따리를 옆에 끼고 의자에 앉아 있는 노파가 한 명 있었고, 유모차에 서너 살가량의 사내아이를 태우고 복도 이 끝에서 저 끝까지 왔다 갔다 하는 젊은 아빠가 한 명 있었다. 유모차 속의 아이는 엄지손가락을 입에 넣고 빨며 잠투정을 하고 있었다. 젊은 아빠는 한 손으로 유모차를 밀면서 다른 손으로 누군가와 전화 통화 중이었다. 의자에 앉아 있는 노파는 눈을 껌벅이며 분만실 쪽에 시선을 고정하고 있었다.

문자는 안나가 쥐여준 종이쪽지를 들여다보았다. 그녀는 침침한 눈을 몇 번 깜박이고 종이쪽지를 멀리하여 눈살을 좁혔다. 가까스로 글자들이 눈에 들어왔다. 순번을 매기고 이름과 전화번호가 적혀 있었다. 일 번은 한국인 이름이었고 이 번과 삼 번은 외국인 이름이었다. 그리고 맨 끝에 비뚤비뚤한 글씨체로 다음과 같이 적혀 있었다. '여기에 전화해주세요.'

문자는 종이쪽지를 손에 쥐고 일 층 로비로 내려왔다. 공중전화가 금세 눈에 띄었다. 다음 순간 동전이 하나도 없다는 것을 깨달았다. 동전을 바꾸기 위해 지하 일 층에 있는 편의점으로 내려갔다. 편의점에서 요구르트를 한 개 사고 거스름돈으로 동전을 한 움큼 받았다. 다시 일 층 로비로 올라와 전화를 걸었다. 일 번의 한국인은 금세 전화를 받았다. 젊은 여성의 목소리였다. 좀 시끄러운 음악 소리와 사람들의 말소리가 섞여 들리는 것으로 보아 유흥업소인 것 같았다. 문자의 설명을 들은 여자는 무슨 이야기인지는 알겠지만 지금 당장 갈 수는 없고 일이 끝난 후에나 가겠노라고 말했다. 이 번의 외국인은 전화를 받지 않았고, 삼 번의 외국인과는 제대로 된 통화가 이루어지지 않았다. 삼 번 여자는 알아들을 수 없는 말과 몇 마디 한국어를 섞어 말했고, 문자는 할 수 없이 몇 마디 한국어와 영어를 섞어 안나가 아이를 낳기 위해 입원했다는 요지의 말을 전했다. 상대가 얼마큼 이해했는지 확인할 수 없는 채로 전화는 끊어졌다. 문자는 이 번의 외국인에게 다시 한 번 전화를 했고 그쪽은 여전히 받지 않았다. 문자는 남아 있는 동전과 종이쪽지를 주머니에 넣고 다시 분만 대기실이 있는 층으로 올라가는 엘리베이터를 탔다.

분만실 복도에는 이번에는 아까보다 많은 사람들이 모여 있었다. 꽃다발을 든 아가씨가 상기된 얼굴로 분만실 앞에서 기웃거리고 있었고, 일가족으로 보이는 사람들 서넛이 의자 주변에 둘러서서 소곤거리고 있었다. 짐 보퉁이를 옆에 끼고 있던 노파는 보이지 않았고 유모차를 끌던 젊은 아빠는 여전히 휴대폰을 들여다보고 있었다. 사내 옆에 세워둔 유모차 안에서 사내아이는 손가락을 입에 문 채 잠들어 있었다. 문이 벙끗하게 열린 분만 대기실에서는 누군가의 비명 소리가 간간이 새어 나왔다.

문자는 대기실 문 앞에서 기웃이 안을 들여다보았다. 바쁘게 움직이는 간호사가 보일 뿐, 안나의 병상은 커튼으로 가려져 보이지 않았다. 문자는 잠시 망설였다. 전화 연락을 취했으니 걱정 말라고 안나에게 한 마디쯤 해주는 게 좋지 않을까 싶어서였다. 망설임을 마치기도 전에 간호사가 바쁜 걸음으로 다가오더니 아직 멀었어요, 뱉듯이 한마디 하고 안으로 단단히 여미듯 문을 닫아버렸다. 완강한 서슬에 문자는 맥없이 물러서고 말았다.

문자는 복도에서 서성이는 사람들을 뒤로하고 엘리베이터를 타고 맨 꼭대기 층으로 올라갔다. 옥상공원이라는 안내판을 보고 즉흥적으로 나선 걸음이었다. 엘리베이터는 중간에 한 번도 멈추지 않고 곧장 옥상으로 올라갔다. 엘리베이터 문이 열리자 눈앞에 정원이 펼쳐져 있었다.

문자는 주춤거리며 정원으로 들어섰다. 어린 자작나무를 가로수 삼아 작은 오솔길이 나 있었다. 문자는 오솔길을 따라 걸었다. 이따금 벤치가 놓여 있었다. 군데군데 작은 관목 숲과 화단도 보였다. 알사탕 모양의 가로등이 노랗게 빛나고 있었다. 문자는 정원 한가운데 서서 주변을 휘둘러보았다. 오솔길이 끝나는 지점에 기와지붕을 얹은 정자가 보였다. 정자 밑에서 반짝이는 담뱃불이 보이고 이따금 두런거리는 말소리가 들려왔다. 문자는 그

쪽으로 걸어갔다. 담배를 얻을 참이었다. 가까이 가서 보니 담뱃불의 주인은 중학생이나 고등학생쯤 되어 보이는 남녀 학생 한 쌍이었다. 문자는 그만 머쓱해져서 되돌아섰다. 이번에는 정자 반대편으로 걸어갔다. 도시의 야경이 푸근하게 펼쳐져 있던 반대쪽과 달리 이쪽은 캄캄한 어둠 속에 잠겨 있었다.

문자는 어둠을 내려다보며 가만히 심호흡을 했다. 차가운 밤바람이 불어왔다. 얼굴을 뻣뻣한 솔로 쓸어내리는 듯 차디찬 바람이었다. 제법 두툼하게 옷을 껴입었는데도 금세 한기가 들었다.

문자는 떨려오는 어깨에 한껏 힘을 주고 좀 더 버텨보았다. 늙은 육신은 옷을 껴입는 것으로는 도저히 따뜻해질 수 없는 한기를 뼛속 깊이 품고 있는 것 같았다. 문자는 강한 흡연 욕구를 느꼈다. 하루에 서너 개비 이하로 자제하고 있지만 이따금 참을 수 없는 날이 있었다.

손이라도 한번 잡아주고 나올 걸 그랬어.

문자는 중얼거렸다.

엄마가 되려면 좀 더 강해져야 해. 하지만 한 번도 엄마인 적이 없었던 인간이 그런 말할 자격이 있을까?

문자는 고개를 세차게 저었다.

괜찮아. 괜찮을 거야.

문자는 눈가가 축축해지는 걸 느꼈다. 나이가 들면서 자꾸 뜻

없이 눈가가 흐려지곤 했다. 그녀는 손등으로 눈가를 몇 번이고 닦아내고는 옷깃을 여미며 돌아섰다.

··· 열한 시의 빛

아이가 학교에 들어가면 자모회에도 나가고, 나이 들어 체중이 늘기 시작하면 에어로빅 교실에도 가고, 더 나이 들어 힘 빠지면 노래 교실에라도 가서 거칠어진 목소리로 노래라도 불러야겠지. 그거 다들 살아내려고 그러는 거다.

집 안을 둘러보는데 느닷없이 대학교 이 학년 즈음의 영문학 강독 시간이 떠올랐다. 수업에 대략 이삼십 분쯤 늦게 들어왔다가 또 대략 그만큼 일찍 나가던 중년의 교수나, 그 무렵 같이 수업을 듣던 동기생들의 얼굴이 아니라 이 영문 제목이었다. 「Furnished Room」. 번역하자면 가구 딸린 방 정도가 될 것이다. 단편소설이었던 것 같은데 작가의 이름은 끝내 기억나지 않았다. 가구 딸린 방이란, 우리 식으로 치자면 역전 주변의 싸구려 여인숙이나 허름한 사글셋방쯤 될 것이다. 머물다 간 사람들의 흔적이 곳곳에 고스란히 남아 있는 방에 대한 묘사들, 주인공 남자가 누군가를 찾아 가구 딸린 방들을 헤매고 다닌다는 내용 그리고 뭔가 안타깝고 비애스런 분위기. 그 소설에 대한 기억은 여기까지가 전부였다.

이 집이 그랬다. 살다 간 사람들의 흔적이 고스란했다. 원래

색깔이 무엇이었는지 짐작기 어려울 만큼 색 바랜 벽지에는 뭔가를 붙였다가 떼어낸 흔적이나 급히 휘갈겨 쓴 전화번호 따위가 지저분하게 남아 있었고, 방바닥은 무거운 물건이 놓였던 자국이나 뭔가 날카로운 것으로 긁힌 자국이 선명했다. 문짝과 전기 스위치 주변에는 손때가 거무스레했고, 이런 분위기에 걸맞은 낡은 세간들이 두서없이 놓여 있었다. 기름때가 덕지덕지 낀 가스레인지, 비좁은 주방에 비해 터무니없이 커 보이는 사 인용 식탁, 낡고 우중충한 빛깔의 삼 인용 소파, 문짝이 떨어질 듯 덜렁거리는 서랍장 등, 색상이나 재질이나 디자인 면에서 아무런 맥락도 취향도 찾아볼 수 없는 가구들이 여기저기 놓여 있었다.

당장 내다 버려도 아무도 주워가지 않을 거라는데 만 원 건다. 나는 무심한 듯 둘러보면서 속으로 내기라도 하듯 생각했다.

"내가 미리 비질해놔서 그대로 들어와 살면 되우. 이 물건들은 그냥 두고 써도 되고, 뭐 필요 없다면 치워줄 수도 있고. 아직 멀쩡한데 아깝잖아? 먼저 살던 색시가 시집가면서 두고 갔다오."

집 안을 둘러보는 내 눈길을 따라가며 노파가 말했다. 쇠잔해 보이는 겉모습과는 달리 노파의 목소리는 젊은 여인처럼 카랑카랑했다.

"상관없어요."

대체 뭐가 상관없다는 것인지 생각을 마무르지도 못한 채 나는 성의 없게 대답했다. 고물 장수도 주워가지 않을 저 가구들과 함께 살겠다는 것인지, 전부 쓸어 내버리겠다는 것인지, 정말 이사를 하기나 할 것인지, 아무런 작정도 서지 않았다. 그냥, 이래도 저래도 상관없다는 기분뿐이었다. 그보다는 새삼스레 대학 새내기 시절이 생각났고 근거 없이 파릇파릇하던 연둣빛 희망들이 기억났다. 여행을 가장하여 다른 도시에 살 집을 구하고 있는 지금 내 꼴에 생각이 미치자 쿵, 소리를 내며 가슴이 내려앉는 기분이 들었다.

"그럼 됐수. 지금 당장이라도 이사 와요. 그동안 여자들만 살던 집이라 깨끗해요. 난 사내들한테는 세 안 줘. 근처에 대학이 있어서 주로 여대생들이 살다 갔다우."

노파는 여자 기숙사의 사감처럼 말했다. 혹시 남자 출입 금지 규정이라도 내걸지 않을까 노파의 얼굴을 바라보았지만 그녀는 거기까지 말하고 입을 닫았다. 그런다 해도 상관없었다. 남자를 집으로 초대하는 축복받은 일이 당분간은 생기지 않을 거란 예감이 들었다. 이상한 일이었다. 관리가 편하고 독립성이 보장된다는 이유로 오피스텔이나 소형 아파트만을 고집하던 내가 이런 불편할 게 뻔한 구옥을 선택하리라곤 스스로도 예상하지 못한 일이었다.

물론 장점이 전혀 없는 집은 아니었다. 무엇보다 이 집엔 마당이 있었다. 내 마당이 아니라 해도 내가 이 집의 세입자인 이상 마당을 밟을 권리는 생기는 거니까. 열 평도 안 돼 보이는 작은 마당이었지만 작다기보다 아담하다는 느낌을 주는 공간이었다. 한쪽에 수돗가와 장독대가 있고 담벼락 쪽으로 자작나무 세 그루가 늘씬한 노신사처럼 늘어서 있었다. 대문에서 현관으로 이어지는 통로에는 납작납작한 돌멩이가 깔려 있었고 사이사이로 잔디가 뾰족뾰족했다. 초록 철제 대문 양옆으로는 능소화가 오렌지색 등불처럼 화사했다. 세심한 정성을 들인 마당이었다. 게다가 내가 살게 될 삼 층은 큼직한 파라솔을 펼쳐두어도 될 만큼 발코니가 널찍했다. 이런 점들은 다른 단점들을 상쇄할 만큼 내 마음을 사로잡았다.

이삿짐은 지나치리만큼 단출했다. 말로는 사람이 사는 데 그렇게 많은 게 필요한 건 아니라고들 하지만, 실은 이삿짐의 규모는 대충 그 사람의 터수와 비례하는 법이다. 욕심을 버리라는 주제로 일 년 내내 강연하러 다니는 한 선배는 가지고 있는 책과 화분과 그림만으로도 트럭 한 대가 모자란다. 내 짐은 대절한 택시 한 대로 충분했다. 이삿짐을 마당에 부려놓고 택시가 떠나자마자 마당에 나와 있던 이웃집 할머니와 집주인 노파가 어느새 다가왔다. 육덕이 좋아 보이는 이웃집 할머니가 참을성은 엿 바꿔 먹은 지 오래라는 듯 내뱉었다.

"이삿짐이 이게 다여? 학생은 아닌 것 같고. 아가씨여, 새댁이여?"

나는 갑자기 내 이삿짐이 부끄러웠다. 부끄러워하는 내가 또 부끄러웠다. 이게 법정 스님처럼 무소유의 삶을 실천하며 산 결과라면 부끄러워해야 할 이유가 없었다. 이건 그저 결별의 마무리가 그다지 세련되지 못했음을 보여주는 증거일 뿐이었다.

. H와 함께 살기 시작했을 때 나는 덩치 큰 가구, 이를테면 옷장이나 냉장고, 세탁기, 침대 따위를 지인에게 주거나 중고 가구로 처분해버렸다. H의 아파트에 내가 들어가는 형식이었고, 그의 아파트는 이미 충분한 세간으로 넘쳐날 지경이어서 부득이 내 소유물들을 포기할 수밖에 없었다. H는 자신의 미감으로 선택하고 배치한 가구들 사이에 조화가 깨지는 것을 원치 않았기 때문에, 그와 살기로 작정한 이상 달리 방법이 없었다. 나는 기껏해야 자그마한 앉은뱅이 책상이나 전기밥솥, 커피포트, 커피 잔 따위의 부피가 작은 물건들을 표 나지 않게 그의 물건들 사이에 끼워 넣는 데 만족해야 했다. 그때는 이런 날이 올 거라는 생각을 하지 않았다. 왜 나는 매번 결별을 맞이하면서도 물고기처럼 새카맣게 잊고 다시금 유효기간이 짧은 열정에 투항해버리는 것일까? 조금은 교활해져도 좋지 않을까?

H의 세간들 사이에 놓인 내게 속한 물건들을 골라내는 동안 그는 사진교실 수강생들을 동반하여 뉴칼레도니아로 출사 여행을 떠나버렸다. 그는 늘 그랬다. 분쟁이 생기면 여행 가방부터 꾸렸다. 그가 떠나버리면 남은 나는 어쩐지 미안한 감정에 사로

잡혔고, 격한 감정이 눅을 만한 시간이 지나면 그는 좀 초췌해진 모습으로 돌아왔다. 그러면 나는 늘 사과를 했다. 그렇게 일곱 번 헤어졌고 일곱 번 화해했다. 이번에도 그런 수순을 밟아야 했을까? 어쨌든 나는 떠나는 그에게 선언했다.

"나도 떠날 거야. 당신보다 더 늦게 돌아올지도 몰라. 이제 더 이상 빈집을 지키며 당신을 기다리진 않을 거야."

내 물건들은 얼마 되지 않았고, 그만큼이나 그의 기억 속에서도 금방 지워질 거라는 우울한 생각이 들었다. 나는 이 도시의 이 집에서 외국인처럼 살 것이다. 이 여행이 언제, 어떤 식으로 끝날지 지금으로선 알 수 없다. 퇴직 후엔 세계 일주를 떠날 거라고 입버릇처럼 떠들었는데 그 첫 여행지가 A시라니, 이건 그와의 결별만큼이나 어이없는 일이었다.

짐 정리는 반나절도 안 되어 끝났다. 집 안은 여전히 여행자의 숙소처럼 휑뎅그렁했다. 이사를 도와주겠다고 온 사촌은 내내 말수가 적었다. 사실 그녀가 도와줄 일은 별로 없었다. 나는 비닐 테이프로 봉한 상자를 열고 커피 원두 분쇄기와 커피메이커 그리고 한 줌의 커피 원두가 든 봉투를 차례로 꺼냈다.

"우리 커피 마시자."

고무줄로 밀봉해둔 커피 원두 봉투를 열며 내가 말했다.

"세상에! 밥그릇, 숟가락 한 짝 없는 이삿짐이라니. 밥해서 손가락으로 먹을래?"

사촌은 한탄 조로 말했다.

"그것도 괜찮겠네. 인도에 여행 왔다고 생각하지, 뭐."

"일어나. 장 보러 가자. 당장 밥은 해먹어야지."

사촌은 내 농담에 맞장구쳐줄 생각이 없어 보였다.

"차차, 차차 하자. 상관없어. 우선 커피나 마시자."

나는 천천히 커피 원두 분쇄기를 돌리며 말했다. 서걱거리며 원두 알갱이들이 톱날에 부서지는 소리가 났다. 이 소리야말로 지금 내게 닥친 일이 현실임을 실감하게 해주는 증거인 것 같았다. 수저통 뒤져서 쓰던 숟가락, 젓가락을 챙겨오고 싶지는 않았단 말을 사촌에게 할 수 없었다.

"내가 널 여기로 오게 한 게 잘한 건지 모르겠다. 출근길도 멀고……."

사촌은 입술을 지그시 깨물며 말했다. 고민거리가 생기면 나오는 그녀의 버릇이었다. 나는 사촌을 비스듬히 외면하고 말했다.

"차 타고 지나오다 보니까 갈대밭이 보이던데, 거긴 어디야? 멋있더라. 옆에 SF 영화 세트 같은 특이한 건물도 있고."

"갈대밭? 아, 유원지 옆으로 지나왔구나. 그 특이한 건물은 미술관일 거야. 이 동네가 예전엔 바닷가였대. 유명한 포구였다더라. 지금은 아파트로 뒤덮였지만 그 흔적은 남아 있지. 여기서 차로 십 분이면 갈대밭의 장관을 볼 수 있어. 계절마다, 시간마다, 풍경이 달라지지. 내가 이곳을 떠나게 된다면 아마 가장 생각나는 장소일 거야."

갈대밭이 눈앞에 보이기라도 한다는 듯 사촌의 표정이 눈에 띄게 밝아졌다.

"출근 거리가 멀어져서 그게 좀 걸리지만 말이야."

사촌은 금세 시무룩한 표정이 되어 덧붙였다.

"출근? 당분간 그 걱정은 안 해도 돼. 나 회사 그만뒀어. 좀 쉬려고."

"회사를 그만둬?"

사촌은 눈을 흡뜨며 말했다. 익히 짐작한 반응이었다. H도 그랬다. 우리의 불화보다도 나의 실직을 더 염려하는 것처럼 보였다.

"역시 놀라는구나. 그만뒀다고 말하면 기분이 좀 다를까 했는데. 이야기가 좀 길지만 결론만 말하자면 명퇴했다."

"명퇴?"

사촌의 눈은 아까보다 더 커졌다.

"오래 버틴 셈이지, 뭐. 결혼하면서 대충 알아서들 그만두는데. 오래 버틴 거야. 내 남자 동기들은 모두 대리 달았는데 나만 여전히 사원이잖아. 어차피 다가올 구조조정 때 명퇴를 강요당해 쫓겨나는 것보다는 이쪽이 모양새가 낫잖아. 퇴직금도 더 얹어준다고 하고."

나는 덤덤하게 말했다.

"대체 이게 무슨 일이니? 삼십대에 명퇴라니. 네가 이곳에 방을 구해달래서 난 좋기만 했는데."

다행히 사촌은 H에 관해서는 묻지 않았다. 어차피 털어놓아야 할 테지만 잠시라도 유예해주는 그녀가 고마웠다.

"별일 아냐. 지금은 그냥 좀 쉬고 싶을 뿐이야. 대책 없이. 그야말로 대책 없이. 그게 다야. 서울을 좀 탈출해보고도 싶었고."

주인 노파가 일 층에 살고 나머지는 모두 세입자로 채워진 삼층짜리 주택, 그곳에서 난 삼 층 세입자가 되었다. 비슷한 규모와 모양새를 지닌 오래된 삼사 층 주택들이 밀집한 주택가였다. 좁다란 골목길이나 자그마한 마당을 사이에 두고 앞뒤 집의 창들이 훤히 들여다보였다.

사촌이 부지런을 떤 덕택에 이사 온 지 단 하루가 지난 집이라고는 생각할 수 없을 만큼 집은 변신했다. 싱크대엔 식기들이 가지런히 정돈되었고, 냉장고 안에는 우유, 김치, 주스, 애호박, 풋고추, 된장, 두부 따위가 제자리를 찾아 들어앉았다. 노파의 말대로 낡았지만 아직 쓸 만한 냉장고였다.

나는 집 안에 모든 전등을 끄고 마룻바닥에 누워 달을 바라보았다. 조금도 이지러지지 않은 둥근 달이 희붐하게 빛을 내며 건물과 건물 틈새로 모습을 드러냈다. 달은 일어나 앉으면 사라지고 마룻바닥에 드러누우면 보였다. H의 밤은 낮보다 더 낮이었다. 그는 온 집 안에 전등을 켜고, 컴퓨터는 스물네 시간 부팅 중이고, 텔레비전은 묵음으로 켜둔 채 오디오를 켜고 밤을 보냈다. 그 모든 소리와 빛의 난무 속에서 그는 안온해했다. 지난 몇 해 동안 난 어떻게 그 모든 것을 견뎠을까?

이 동네는 밤이 밤다웠다. 깊은 숲 속의 칠흑 같은 어둠은 아니지만 유흥가가 없는 주택가는 어둡고 조용하다. 가로등은 희미하고 자동차 소음도 이따금 재채기처럼 들려올 뿐이다. 어떤 희망도 전망도 없이 그저 오기를 부리듯 감행한 이사였다고 난 처음에 생각했다. 하지만 그건 거짓말이었다. 나는 본능적으로 내가 견딜 만한 장소를 찾고 있었고 그 본능이 나를 여기까지 데려온 것이다.

텔레비전이 없는 밤. 생각은 가지를 치듯 제멋대로 뻗어 나간다. 인간이 우주에서 유일한 지적 생명체인 듯 굴지만, 정말 그럴까? 〈은하수를 여행하는 히치하이커를 위한 안내서〉라는 긴 제목을 가진 영화에서처럼 우주에는 또 다른 평행우주가 있고 우리는 그저 수많은 복사본 중 하나라면? 이 찬란한(개인적으로는 찬란하다 생각지 않지만 관용적 표현으로) 문명이란 것이 조만간 끝장날 거라면? 우주의 시간으로 보자면 인간이 지구에 머무는 시간은 그저 순간일 터인데 이토록 애면글면 살아야 하는 이유는?

아니, 아니다. 내 지적 능력을 뛰어넘는 사고는 그저 낭비일

뿐이다. 딱 백 년 후면 지금 지구상에 존재하는 인간들은 아마 거의 물갈이가 되었을 게다. 이건 확실하다. 지금 나는 이 확실함에 모종의 미소를 짓는다. 난 왜 인간이 이 지구상에 거추장스럽게 붙어 있는 기생충처럼 여겨지는 걸까? 대체 이 모멸감은 뭐지? 이 또한 결별의 후유증인가? 아, 젠장! 이래서 텔레비전은 필요하다. 긴 밤 잡념에 휘둘릴 틈을 주지 않을 테니까.

어느새 달이 모습을 감추었다. 구름 뒤로 숨어버린 건지 찾을 수가 없다. 나는 어둠 속에 누운 채 장난 삼아 라이터를 껐다 켰다 하기를 되풀이하다 문득 멈추었다. 달 대신 앞집 옥상에서 뭔가 움직이는 존재를 발견한 탓이다. 자정인데. 이 야심한 시각에 어두운 옥상에서 뭐하는 거지? 땀을 식히려는 건가? 오늘 밤은 그 정도로 덥진 않은데. 흡연하러 올라온 건가? 불빛이 보이질 않는다. 좀도둑인가? 옥상에 쓸 만한 게 있으려나? 잊은 빨래라도 걷으러 온 건가? 그럴지도. 나는 눈 한 번 깜박이지 않고 바라보았다. 어둠 속 실루엣은 우뚝 선 채 어딘가를 응시하고 있는 것 같았다. 나는 블라인드를 끝까지 당기고 다시 문단속을 했다.

사촌이 사는 아파트는 내 집에서 버스로 십 분, 승용차로는 오 분, 내 걸음으로 삼십 분 거리에 있다. 나는 운동화를 신고 선글라스를 쓴 후 집을 나섰다. 이사 온 후로 모닝커피는 주로 사촌의 집에서 마셨다. 유치원생 아이 한 명을 키우는 전업주부의 생활이라면 당연히 한가할 거라는 짐작과 달리 그녀는 늘 분주했다. 월, 수, 금은 요가 강좌에 목요일은 도서관의 인문학 강좌에 화요일은 복지관에서 진행하는 제빵 강좌에 나가고 있었다. 사촌의 아이는 아이대로 또 온종일 바빴다. 수영을 배우고, 클레이 아트를 배우고, 영어 요리 강좌에 나갔다. 나는 월, 수, 금에 함께 요가를 배우는 사촌의 집에서 커피를 마시고 같이 운동하러 갔다가 대개는 같이 점심을 먹고 아이가 유치원에서 돌아올 시간에 집으로 돌아왔다. 이따금 요가 회원들과 칼국수나 냉면을 사 먹으러 가는 일도 있었다. 그런 날이면 자리는 으레 길어졌다. 여자들은 그중 한 사람의 집으로 몰려가 다과회를 열었다. 먹을 것은 끝없이 이어졌고 이야기도 끊어지지 않았다. 이따금은 낮술로 이어지는 경우도 있었다. 그런 날이면 유치원에서 돌아온 아이들은 또 아이들대로 모여서 놀게 되니 축제일처럼 즐거워했다.

여자들의 수다는 종횡무진 그 자체였다. 밑도 끝도, 맥락도 없었지만 직장 회식 시간에 나누는 남자들의 화제보다 다채롭고 생기가 가득했다. 패션과 연예계가 화제에 올랐다가 어느새 건강과 웰빙으로 튀고, 시댁 식구들에 대한 성토장이 되었다가 이따금은 은밀한 이야기로 채워지기도 했지만 태반은 아이들이나 남편 이야기였다. 그조차 걱정을 빙자한 자랑이기 일쑤여서 싱글인 나로서는 딱히 유쾌했던 것도 아니었는데 나는 한 번도 그

자리를 마다하지 않았다. 연쇄 성폭행 사건이 연이어 터질 때는 딸아이에게 남자를 믿지 마, 선생님도 믿지 마, 네 아빠도 믿지 마, 라고 세뇌를 시킨다고 말하면서 여자들은 또 숨이 넘어갈듯 웃어댔다. 그렇게 흐드러지게 놀다가도 여자들은 해가 질 무렵이면 언제 술을 마셨느냐는 듯 말짱한 얼굴이 되어 제각기 저녁 찬거리를 사 들고 돌아갔다. 대책 없이 취해 정신을 못 차리는 사람은 언제나 나뿐이었다. 몇 번쯤 이런 일을 겪고 나는 스스로 마음 단속을 했다. 뭐가 무서워 그러나 싶다가도 혼곤히 취한 채 저녁 빛을 받으며 집으로 돌아오는 길은 정말 유행가 가사처럼 낯설고 멀기만 했다. 언젠가 사촌에게 물어본 적이 있었다.

"왜 그렇게 바쁘게 사니?"

"살기 위해 그러는 거지, 뭐. 겨우 존재하기 위해. 아이가 학교에 들어가면 자모회에도 나가고, 나이 들어 체중이 늘기 시작하면 에어로빅 교실에도 가고, 조깅도 하고, 더 나이 들어 힘 빠지면 노래 교실에라도 가서 거칠어진 목소리로 노래라도 불러야겠지. 그거 다들 살아내려고 그러는 거다."

사촌은 어느 날 갑자기 묵언 수행 중인 수녀처럼 입을 닫은 적이 있었다. 그게 육 개월이나 갔다. 대학 졸업반 마지막 학기였다. 당연히 아무도 그 이유를 몰랐다. 이모는 안타까운 나머지 애꿎은 나만 채근했다. 어릴 때부터 자매처럼 지내온 나에게도 그녀는 함구로 일관했다. 사촌이 사귀던 남자가 이민 가버리고 바로 연락이 끊겼다는 것을 알고 있었기에 아마도 그 때문일 거라고 짐작만 했다. 가족들과 다시 말하기 시작한 시기와 지금의 남편과 교제를 시작한 시기가 대충 비슷했다. 역시 사랑의 상처는 사랑으로 극복하는 거라고 우리는 사촌의 새 애인에게 감사했다. 사촌으로부터 묵언 수행의 전말을 듣게 된 건 그들이 결혼하고 얼마 후였다.

캠퍼스 커플로 사 년 내내 붙어 다니던 남자가 출국하고 바로 연락이 끊기자 사촌은 남자가 변심한 거라고 생각했다. 말 그대로 이메일 한 통, 전화 한 통 없었다. 백방으로 수소문해봐도 남자의 행방을 알 수 없었다. 이별은 돌연했고 사촌은 남자의 계획된 변심을 받아들이기 힘들었다. 자신은 고통으로 타들어 가는데 너무도 멀쩡한 세상이 싫어 입을 다물었다고 했다. 세상에게 말 걸지 않는 소극적인 복수를 시작하자 차츰 말하지 않는 게 더 편하게 느껴졌다. 그렇게 마음을 추스르고 있는데 느닷없이 남자의 소식을 듣게 되었다. 남자는 변심한 것이 아니라 이민 가자마자 교통사고로 세상을 떠났다고 했다. 새로운 고통은 이전의 고통과는 비교도 되지 않았다.

"내가 그를 미워하고 있는 동안 그 남자는 이미 이 세상 사람이 아니었어. 그에 대한 증오로 내가 어떤 용서받을 수 없는 짓을 저질렀는지는 신만이 아실 거야."

남자의 변심이 차라리 축복임을 그제야 깨달았다고 사촌은 덧붙였다. 죄책감과 후회로 침묵이 더욱 공고해지던 날들의 와중에 우연히 서울역에서 전철을 타게 되었다. 무작정 종점까지 가서 내린 곳이 이 도시였다.

"전철 종점에서 걸리는 대로 탄 버스가 바다로 데려다 주었어. 갑자기 눈앞에 나타난 바다가 너무 신기해서 그 후 일 없는 주말이면 이 도시를 찾곤 했어. 그날도 토요일이었을 거야. 바닷가 조개구이 집에서 해물칼국수를 먹고 있었어. 당연히 혼자였지. 직장 동료들과 단합 대회차 나들이 중이던 남편이 날 처음으로 본 날이었어. 그와의 첫 만남은 그저 우연이었어. 난 그가 날 주시하고 있었다는 사실조차도 몰랐거든. 우리가 재회할 수 있었던 건 순전히 그의 노력 덕분이었어. 그는 이 도시의 공단에 근무하고 있었어. 혼자 해물칼국수를 시켜서 먹고 있던 여자를 어쩐지 잊을 수가 없었대. 그 후 주말마다 횟집이 늘어서 있는 바닷가를 무작정 서성였대. 그렇게 서성이다가 마침내 우린 다시 만나게 되었지. 내 입장에선 처음 만난 사람이었는데 말을 붙여오는 남자에게 이상하게 경계심이 생기지 않았어. 처음에는 이런저런 일상적인 이야기를 나누었지. 마침내 난 그에게 모든 것을 다 털어놓았어. 아마 그 남자를 다시 만날 일은 없을 거라고 생각했던 것 같아."

그게 사촌의 말문이 터진 날이었다고 했다.

내가 사는 주택가를 벗어나면 신도시 아파트 단지와 주택가를 양분하는 개천이 나온다. 개천 양쪽으로 산책로를 따라 미루나무, 아카시아, 플라타너스, 소나무, 느릅나무 따위가 도열해 있고 좀 더 개천 가까이로 내려가면 비스듬한 둔덕은 상추, 고추, 호박, 고구마 따위가 자라는 텃밭이다. 군데군데 챙 넓은 모자나 수건을 쓴 노파들이 밭두둑에 엎드려 잡초를 뽑거나 김을 매는 모습이 보인다. 어찌나 알뜰하게 땅을 이용하는지 감탄사가 절로 나온다. 이따금 나무 그늘에 자리를 펴고 음식을 먹고 있는 소풍객들도 보인다.

나는 개천을 횡단하는 대신 개천가를 어슬렁거리듯 걸었다. 햇볕이 아직 뜨거워지기 전이라 일광욕을 하기에 적당했다. 이렇게 미리미리 햇볕을 쪼여야 비타민 D 결핍도 예방하고, 볕이 부족한 겨울철에 우울증에 걸리는 일도 예방할 수 있거든. 스스로를 격려하며 걸었다.

"거기 삼 층 색시 아녀?"

밭두둑에 앉아 손짓하는 노파들이 보였다. 나는 그리로 발길을 돌렸다. 긴팔 셔츠에 챙 넓은 밀짚모자로 무장한 주인 노파가 목에 걸린 수건으로 이마의 땀을 훔치며 말했다.

"어디 가우?"

"아, 예. 일이 좀 있어서."

"여기 앉아 떡 좀 먹고 가."

앞집 노파가 목장갑을 벗고 검은 비닐봉지에서 뭔가를 꺼내 늘어놓았다. 쑥버무리가 가득 든 찬합, 총각김치가 든 보시기, 젓가락, 플라스틱 컵, 게다가 막걸리까지 차례로 나왔다.

"이 쑥은 올봄에 여기서 캔 거라우. 쪄서 냉동실에 얼려뒀다가 심심하면 이렇게 해 먹는데 먹을 만해. 막걸리도 한잔하려우?"

주인 노파가 떡을 한 덩이 떼어내 건네며 말했다.

"아니, 아닙니다."

나는 손사래를 치며 떡을 받아 들었다.

"젊은 사람이 우리 늙은이덜이랑 놀고 싶겄어?"

앞집 노파가 틀니가 훤히 드러나게 웃으며 말했다.

"텃밭인가 봐요."

"텃밭이 뭐야? 우리 농장이야, 농장. 이거 봐. 상추, 고추, 깻잎, 호박, 감자, 고구마, 다 있다니까."

앞집 노파가 흥감스레 떠들었다

"어, 여기 연잎도 있네요."

나는 물가에 널따란 잎사귀가 무리 지어 핀 것을 손짓하며 말했다.

"그건 토란잎이야."

주인 노파가 역시 딱 떨어지는 목소리로 정정했다.

"에이, 서울 아가씨라 연잎하고 토란잎도 구분 못 하나 봐."

앞집 노파는 별거 아닌 말에도 재미있어했다.

"연잎은 원형에 가깝고, 토란잎은 타원에 가깝지. 잎맥도 다르고."

주인 노파가 생물 선생처럼 설명했다.

"이 할망구 옛날 국민학교 선생 출신이여. 말하는 게 우리덜이 랑 좀 다르지? 봐봐, 이 개천엔 이래봬도 물도 흘러. 아주 진짜배기여. 올해는 비가 자주 와서 물이 아주 흔해. 저 물속엔 별별 것들이 다 살어. 이 할망구는 그놈들 이름도 다 알아. 아주 유식하지, 그럼. 요즘 젊은것들은 절대 못 따라온다니까. 이 정도 돼야 개천이랄 수 있지. 청계천 그거, 우리 지지난 봄에 관광 가봤잖아. 그게 무슨 개천이여? 그건 뭐……."

"인공 수로지."

떡을 오물거리던 주인 노파가 결론짓듯 말했다. 좋으니, 나쁘니, 잘했느니, 잘못했느니 하는 해묵은 논란을 그녀는 명쾌히 정리했다. 그럴 수도 있겠네, 라고 머리를 끄덕이며 나는 새삼스러운 눈길로 노파를 바라보았다. 장애가 있는 나이 든 딸과 단둘이 살고 있다고 했다. 아직 그 딸을 한 번도 보지 못했다는 생각을 하며 입을 열었다.

"그런데 어젯밤에도, 또 이사 오던 날에도 할머니 댁 옥상에 밤중에 누가 있던데요. 제가 진작 말씀드리려고 했는데."

두 노파는 내 말을 다 듣기도 전에 동시에 웃음을 터뜨렸다. 웃음 끝에 주인 노파가 말했다.

"그거? 진작 말해줄걸. 이 친구가 밤마다 파수 보는 거라네. 옥상서 동네를 두루 훑어보는 거야. 벌써 몇 년째 하는 일인걸. 제발 그만두래도 아무도 못 말려. 한 사오 년 전인가, 이 친구가 옥상서 바람 쐬다가 우연히 남의 집 반지하 방 창문을 뜯고 들어가는 좀도둑을 보고 재빨리 신고해서 잡았거든. 또 한번은 아가씨 혼자 사는 방에 숨어들어 나쁜 짓 하려는 놈도 그렇게 잡았고. 그 후론 죽 그러고 있어. 남의 집 취미 삼아 훔쳐보고 그러는 거는 아니니까 좋게 생각해줘요."

아무리 뜻이 훌륭해도 그건 사생활 침해인걸요. 나는 이 말을 하지 못하고 꿀꺽 삼켰다. 내 속마음을 아는지 모르는지 앞집 노파는 총각김치 보시기를 내 쪽으로 밀며 말했다.

"이것도 먹어봐. 우리가 농사진 건데 딱 먹기 좋게 익었어. 솔직히 나, 전에는 나이 먹는 게 창피스럽기만 했어. 아무짝에도 쓸데없이 나이만 드는 것 같아 말이지. 하지만 이젠 아무렇지도 않아. 나도 세상에 좋은 일 한 가지는 하는 거니까."

나는 떡 한 덩이를 다 먹고 인사를 하며 일어났다. 나이 드는 게 창피한 세상이란 좋은 세상이 아니란 생각이 들었다. 누구나 다 나이 들지 않는가? 늙어가는 자신을 바라본다는 게 얼마나 힘든 일인가. 그건 어쩌면 죽음보다 힘들다. 죽음은 경험할 수 없는 게 인간의 조건이니까.

오늘은 사촌이 절에 기도하러 가기로 한 날이다. 나는 사촌을 대신해 아이를 유치원에서 데려와 간식을 먹이고 클레이 아트 교실에 데려가는 임무를 맡았다. 나는 아이를 교실까지 데려다 주고 복지관 앞마당 벤치에 앉아 해바라기를 했다. 작은 원형 광장이었다. 이따금 휠체어를 탄 장애인들이 오가고 어린아이들이 자전거를 타기도 했다. 가방에서 책을 꺼냈다. 이곳으로 이사 오기 훨씬 전부터 가방 안에 넣고 다니던 책이었다.

모든 강물은 바다로 휩쓸려 들어간다. 나의 삶은 침묵으로 흘러든다. 연기가 하늘로 빨려들듯 모든 나이는 과거로 흡수된다.

이렇게 시작하는 책의 첫 장만 벌써 몇 번째 읽었는지 모른다. 그동안 책을 읽을 만한 여건이 주어지지 않았던 건 사실이다. 독서란 평화의 산물이다. 평화를 잃고 나서야 나는 깨닫는다. 내 평화를 증명하기 위해서라도 이 책을 읽어내야 한다. 그리고 나의 평화를 굳건히 지킬 것이다. 나는 거듭 다짐하며 준비운동이라도 하듯 책장을 이리저리 뒤적였다.

타인은 절대로 하나가 되지 못한다. 그렇기 때문에 오늘날 삶의 의미가 아무리 미화되고, 찬양되고, 신성시된다 할지라도, 우리는 죽게 될 것이다.

불안은 인류의 외설스러운 유일한 나체이다.

그 나머지는 모두가 노출이다.

　책의 어떤 페이지를 펼쳐도 비밀스런 문구들이 즐비한 이 이상한 소설책은 그야말로 이야기에 맥락이 없다. 이 책을 처음부터 차례로 읽기보다는 아무 페이지나 펼쳐 들고 읽는 편이 낫지 않을까, 나는 잠시 고민에 빠졌다. 그래도 소설이라는데 어떤 식으로든 줄거리가 있겠지, 다시 망설였다. 매력적인 문장들이지만 역시 줄거리가 명확하지 않은 이야기는 집중하기가 어려웠다. 아직도 책을 읽을 만한 평화는 확보하지 못한 건가? 나는 낙심하여 책을 덮고 두발자전거를 배우는 아이를 지켜보았다. 뒤에서 자전거를 잡아주는 아이 아빠도 안장에 긴장한 채 앉아 있는 사내아이도 온몸이 땀범벅이었다.

　지금부터 세 시간 후면 H의 출판기념모임이 시작될 것이다. 내가 낯선 도시로 이사 와서 이 도시의 한쪽 끝에서 다른 쪽 끝까지 헤매고 다니는 동안 그는 사진을 찍고, 현상하고, 골라서 사진집을 만들어냈다. 그가 무엇을 하며 지내는지 알고 싶지 않았지만 자꾸만 알게 됐다. 이제 오늘이면 모임에 모인 사람들 사이에 우리의 결별이 소리 없이 퍼져 나갈 것이고, 그것이 공식화되면 사람들은 더 이상 그에 관한 것을 나와 공유하려 하지 않을 것이다. 그렇게 그로 인해 알게 되었던 사람들과 차츰 멀어질 것이다.

아니다. 지금 나는 유럽 여행 중인 걸로 되어 있으니 아직은 아니다. 나는 자주 내가 여행 중이란 사실을 잊는다. 이렇게 마음이 뒤숭숭하여 글 한 줄 읽지 못할 바엔 차라리 사촌을 따라가서 백팔 배라도 올릴 걸 그랬지 싶다. 무슨 말 끝에 사촌은 천 배를 올릴 거라고 말했다.

"천 배씩이나? 그걸 하고 집에 올 수나 있겠어?"

내가 놀라 물었다.

"죽은 사람들도 있는데."

사촌이 나직이 중얼거렸다.

"너 명훈 씨를 위해 아직도 기도하니?"

나는 반사적으로 사촌의 옛 연인의 이름을 불쑥 말해놓고 아차 싶었다.

"그를 위해서도 해야겠지."

사촌은 여전히 담담하게 말했다.

"그럼 또 누굴 위해서 하는데?"

사촌은 이 물음에는 대답하지 않고 딴청을 했다.

"올해가 마지막이 될 거야. 이만 놓아야지. 이별과 실직을 동시에 겪고 있는 널 위해서는 백팔 배 해줄게."

"에계, 겨우 백팔 배?"

나는 서운한 듯 소리쳤다.

"생명을 잃는 일에 비하면 그건……."

사촌은 말끝을 흐렸다. 나는 그럴지도, 라고 생각했다.

아이와 저녁으로 돈가스를 사 먹고 사촌의 집으로 돌아왔다. 아이를 씻기고, 동화책을 읽어주는 동안 아이는 내내 잠시도 내 곁을 떠나지 않았다. 엄마도 아빠도 돌아오지 않은 채 날이 어두워지자 아이는 불안해하는 듯했다. 거실 소파 위에서 자겠다고 고집을 부렸다. 아이는 아기 때 덮던 낡은 이불자락을 움켜쥐고 잠이 들었다. 불안정하면 그런다고 사촌이 말했었다. 초저녁에 사촌으로부터 전화가 왔다. 탈진으로 쓰러져버려서 남편이 데리러 올 거라고 했다.

"애 아빠도 아니? 네가 무슨 기도하는지?"

"응."

사촌은 그렇게 대답하고 그만이었다. 나는 막연히 고개를 끄덕였다. 모든 것을 털어놓은 남자와 결혼하는 건 부담스런 일이란 생각을 그동안 남몰래 하고 있었다. 사촌네를 보면서 사랑에는 질투니 독점욕이니 하는, 흔히 사랑에 동반되는 그런 감정적 차원을 넘어선 보다 성숙한 단계도 분명히 있을 거라는 기분이 들었다.

이태 전이던가. K시에서 여성 미술 비엔날레가 있었다. 나는 취재 사진을 찍으러 가는 H를 따라 전시장에 갔다. H가 실내에서 작업을 하는 동안 발길 가는 대로 야외 전시장을 둘러보는 중이었다. 마당가에 노란 리본들이 매달린 나무 한 그루가 눈에 띄었다. 다음 순간 나무에 리본을 매달고 있는 여자가 보였다. 사촌이었다. 미처 사촌을 부를 새도 없이 그녀는 순식간에 전시장 샛길로 사라졌다. 나는 가까이 다가가 나무에 매달린 리본들을 살펴보았다. 어버이날 가슴에 매다는 꼭 그만한 크기의 리본에는 짧은 글들이 쓰여 있었다. 하늘나라에서는 꼭 행복하길, 엄마가 미안해, 이름이 없는 내 아기에게 등등. 그것은 낙태한 아기에게 보내는 사죄와 사랑의 기구가 담긴 리본들이었다. 나는 그날의 일을 사촌에게 끝내 알은체하지 못했다.

발코니에 빨래 건조대를 펼치고 빨래를 널었다. 이틀간의 끈덕진 폭우 끝에 찾아온 볕이라 햇살 한 가닥도 아깝고 소중했다. 벌써 이 집 저 집 담벼락에는 두툼한 이불이 널렸고 빨랫줄마다 옷가지가 즐비했다. 장마철도 아닌데 빗발이 질겼다. 한번 퍼붓기 시작하면 끝장을 볼 태세였다. 자연조차 사람을 닮아 막가자는 건가? 기분이 상할 정도였다. 그러고 보면 지구는 한바탕 몸살을 앓는 중인 듯싶었다. 지난겨울에도 그랬다. 겨울은 한정 없이 길었다. 사월에 내리는 눈이라니. 서설이라는 느낌과는 한참 멀었다. 습기를 잔뜩 머금은 눈은 굵은 나뭇가지를 툭툭 분질렀다. 하늘에서 쏟아지는 눈송이를 올려다보다 그만 소름 끼치는 공포심에 휩싸였던 기억이 난다. 거대한 짐승의 몸에서 떨어진 비늘 모양을 닮은 눈송이. 내 눈에는 그렇게 보였다. 그다음엔 지루하고 긴 여름의 시작이었다. 그리고 여름은 성질 고약한 깡패처럼 뒤끝을 부리는 중이었다. 어떤 사람들은 이런 방식으로 지구가 변화하는 환경에 적응하고 보정 작용을 하는 거라고 사뭇 낙관적인 전망을 하지만 글쎄, 그럴까?

　나는 하늘 눈치를 보며 빨래 너는 손길을 서둘렀다. 문득 내려다보니 좁은 골목길로 응급 구조 차량이 느릿느릿 진입하는 중이었다. 구조 차량은 속도를 줄이더니 우리 집 대문 앞에 섰다. 앞문이 열리고 주황색 제복을 입은 사내 둘이 내렸다. 근무 중에 낮잠이라도 자려고 집에 들른 게으른 공무원처럼 나른한 표정들이었다. 한 사내는 하늘을 향해 기지개를 켰고, 다른 한 사내는 구조 차량 뒤쪽으로 돌아가서 뒷문을 들어 열었다. 둘이 뭐라고 잠시 이야기를 나누더니 이동식 침대를 내렸다. 긴급한 환자를 이송하러 왔다고 보기에는 두 사내의 행동거지가 지나치리만큼 느긋했다. 그들은 이동 침대를 앞집 대문간까지 밀어두고 들것을 들고 앞집으로 사라졌다.

　잠시 후 주인 노파가 골목에 모습을 드러냈다. 그녀는 구조 차량 옆에 선 채 영문을 모르는 듯 연신 두리번거리기만 했다. 나는 건물 바깥 계단을 타고 오르는 두 사내를 눈으로 좇았다. 그들은 곧장 옥상까지 올라갔다. 잠시 그들의 모습이 사라졌다. 나는 빨래를 내려놓은 채 꼼짝 않고 앞집을 지켜보았다. 점차 빨라지는 동계를 의식하고 있었다. 심장은 이미 모든 것을 알고 있는 것 같았다. 잠시 후 사 층 계단에 주황색 제복이 나타났다. 두 사내가 앞뒤로 들것을 받쳐 들고 조심스레 내려오고 있었다. 흰 천에 머리까지 완전히 감싸인 몸피는 어린 아기처럼 왜소했다. 앞집 세입자인 듯한 청년 하나가 뒤따라 내려왔다. 집 앞에서 이따금 마주친 적이 있는 얼굴이었다. 들것은 그대로 이동 침대 위에 오른 채 구조 차량에 실렸다. 청년이 따라 올라탔고 구조 차량은 천천히 후진하여 골목을 빠져나갔다. 주인 노파가 비척거리며 몇 발자국 구조 차량을 따라 내딛다가 그만 풀썩 주저앉았다.

내 도시 탐험은 이제 막바지에 이르렀다. 매일 도시의 어느 방향을 향하여 걷기 시작한다. 걷다가 배고프면 먹고 해찰거리가 있으면 머물고 지겨워지면 다시 걷는다. 대개 돌아오는 길에는 버스를 탄다. 버스들은 도시의 모든 동네를 거쳐 돌아오는 노선이어서 때로는 걷는 것보다 더 오래 시간이 걸리기도 하지만 걸을 때는 보지 못하던 것들을 볼 수 있다.

이런 식으로 나는 도시 곳곳을 돌아다녔다. 직접 방방곡곡을 답사하고 지도를 편찬했다는 김정호처럼 나 역시 이 도시 지도를 새롭게 그려볼 수도 있을 정도였다. 물론 그런 일을 할 목적이나 생각은 없다. 그저 한 도시를 알아가는 과정이 생각보다 흥

미진진했다는 것이다.

그중 압권은 갈대 습지에 도착하던 날이었다. 자동차도 자전거도 없이 도보로 그곳에 접근한 사람은 흔치 않을 것이다. 마침 비가 쏟아지기 시작해서 산책객들은 순식간에 어디론가 사라졌고 내 눈앞에는 물과 갈대와 하늘을 그린 여백이 많은 수묵화가 펼쳐진 것 같았다. 나는 빗속에 젖어드는 드넓은 갈대밭과 갈대밭 사이를 조용히 흐르는 물과 바쁘게 날아다니는 새들을 지켜보았다. 물론 돌아오는 길에는 호출택시를 불러 타서, 시트를 적신 대신 팁까지 챙겨주어야 했다. 사촌은 이번 기회에 유럽 배낭여행이라도 떠나는 게 어떠냐고 권했다. 그건 고려 중이다. 덕분에 체중은 사 킬로그램이나 줄었고 피부는 동남아 여인처럼 가무잡잡해졌다.

가끔 앞집을 올려다보면 자연스레 앞집 노파 생각이 났고, 노인이 그렇게 밤마다 파수를 봐주어서 새 집에서 혼자서도 잘 잘 수 있었다는 생각이 들었다. 그녀가 하늘나라에 가서도 눈을 부릅뜨고 우리를 내려다보고 있을 거라고 생각하면 왠지 기분이 든든했다.

나의 독서는 드디어 마지막 장까지 왔다. 도시를 걷는 도중에 쉬거나 식사를 하는 동안 틈틈이 읽었는데도 마지막 페이지까지 오게 되었다. 여전히 소설의 줄거리는 오리무중이다. 나의 앞날이 오리무중인 것처럼. 줄거리에 대한 집착을 버리라는 훌륭한 교훈을 주는 소설이다.

아름다움의 근본을 이루는 것이 결별이다. 이 근본이
빛을 지니고 있다면, 결별 또한 빛을 지니고 있다. 11시
의 빛.

소설은 이렇게 끝을 맺고 있지만 나의 결별은 이제 비로소 시
작이다.

＊ 본문에 인용된 문구는 모두 파스칼 키냐르의 『은밀한 생』(문학과지성사, 2001)에서 가져온
것이다.

··· 계곡에서 하룻밤

너희들 어렸을 때 놀아주지도, 데리고 여행을 다니지도 못한 건

다 비정규직인 아빠의 직업 탓이야.

너희들이 아빠처럼 되지 않는 유일한 길은 공부하는 것뿐이야.

정부군에 잡혀가는 반군의 얼굴이 저럴까?

백미러를 통해 뒷자리에 앉은 아이들 얼굴을 바라보며 영철 씨는 생각했다. 십대에 들어선 이후 줄곧 사춘기인 것만 같은 아들의 여드름 천지인 얼굴엔 불만에 찬 표정이 역력하다. 웃고 있어도 그다지 상냥해 보이지 않는 얼굴인데 부루퉁해 있으니 밉상도 그런 밉상이 없다. 딸아이 쪽 사정도 오십보백보다. 수그린 미간에 엷게 잡힌 세로 주름이 아이의 심사를 여과 없이 드러내는 것만 같다.

아이들을 향해 뭔가를 꾸짖거나 지적하기는 고사하고 일상적인 대화를 하는 것만도 언젠가부터 힘에 부치는 일이 되어버렸다. 아이들은 영철 씨가 입을 열기도 전에 거부반응부터 보인다. 영철 씨로선 사랑과 관심인데 아이들은 아빠 입에서 나오는 모든 말들을 자신들에 대한 비난이나 간섭으로 받아들이는 듯하다. 어쩌다 이렇게 되었는지 따져볼 겨를도 없이 모든 것은 경계선을 넘어버렸다. 아이들의 성장기에 자주 자리를 비워서거나, 아이들의 사춘기가 유별나서거나, 이따금 만나면 걱정에 찬 잔소리만 늘어놓는 꼰대 역할만 해서 그럴지도 모른다고 영철 씨는 막연히 추측해볼 뿐이다.

자기만의 고치에 숨어버린 딸아이를 어떻게 다루어야 할지 두렵기만 하고, 고개를 수그린 채 눈도 마주치지 않고 잠자코 있다가 불현듯 불뚝성을 내며 분기를 주체하지 못하는 아들 녀석도 버겁다. 존재만으로도 귀엽고 사랑스러웠던 유년의 아이들은 영원히 사라져버렸다. 물질적인 요구는 즉각 채워주기를 바라면서, 간섭은 사양이라는 식의 덩치만 어른인 이 존재들을 영철 씨는 새삼 낯설게 바라본다.

아이들은 저희들끼리도 그다지 살갑지 않다. 서로에게 말 그대로 무관심하다. 무관심이 적대보다는 나은 건지 영철 씨는 확신이 서지 않는다. 좁은 차 안에서 가능한 한 멀리 떨어져 앉은 채 아들 녀석은 휴대폰을, 딸아이는 태블릿PC를 들여다보고 있다. 하늘도 보고 나무도 보면 좋으련만. 도란도란 세상 돌아가는 이야기라도 나누면 좋으련만. 아이들은 도무지 바깥세상에는 관심이 없다. 출발한 지 한 시간이 다 되어가지만 첨단 기기에 사로잡힌 눈길을 거두게 할 만한 것은 어디에도 없어 보인다.

게임을 하는 모양인지 아들 녀석의 입이 헤벌어지고 부릅뜬

두 눈이 금세 튀어나올 것만 같다. 녀석은 게임을 하다 지치면 친구들과 문자로 수다를 떨고 그것도 물리면 인터넷 유머나 웹툰을 찾아 서핑을 시작한다. 학교와 학원에 가는 시간을 제외하고 나면 녀석의 하루는 그 일만으로도 짧다. 문자판을 누르는 엄지손가락의 손놀림은 신기에 가깝다. 게다가 그 터무니없이 간결한 언어들이라니. '헐, 즐, 쩝, ㅋ'. 좀 더 길어봐야 '대박, 쩐다, 빡친다' 정도다. 사전에는 나오지 않을 이 말들은 온갖 탄식과 감탄과 짜증과 분노 따위의 복잡다단한 감정을 용케도 담아낸다. 영철 씨 눈에는 아이들이 매트릭스의 세계보다 더 기이한 네트워크에 종속된 신인류로만 보인다.

저 표정을 촬영해서 보여주면 어떨까? 영철 씨는 입을 헤벌린 채 눈 한 번 깜박이지 않고 얼굴이 달아올라 손가락을 움직이는 아들 녀석을 다시 바라본다. 게임에 들이는 집중력의 절반만 공부에 들인다면 반에서 바닥을 박박 기는 성적은 면할 텐데. 또 하나 마나 한 탄식이 나온다. 녀석에게 비싼 장난감을 선뜻 사서 안겨주고서 태평하기만 한 아내에게 새삼 부아가 치민다.

영철 씨는 탄식이 소리가 되어 입 밖으로 새어 나올까 봐 가늘게 날숨을 내쉬고, 그보다 더 느리게 들숨을 들이쉰다. 휴가를 망치고 싶지는 않아. 그는 마음을 다잡는다. 조수석의 아내는 좌석을 뒤로 젖힌 채 진작 잠들어버렸다. 아내는 차만 타면 잠을 잔다. 조수석에서 운전자를 위한 살가운 배려를 해주는 것까지는 바라지도 않는다. 코를 골며 자지 않는 것만도 다행이다. 차 안에는 수십 미터 심해 속 정적이 흐른다. 그는 깊은 바닷속에 들어갔을 때 느꼈던 고립감과 아득함을 털어내듯 공연히 어깨를 추썩여본다.

자동차는 이제 시내를 벗어나 외곽도로를 달린다. 지루한 풍경이 펼쳐진다. 크고 작은 아파트 단지 사이사이에 무분별하고 볼썽사나운 가건물이나 비닐하우스 단지들이 들어서 있는 식이다. 아홉 시가 좀 지났을 뿐인데 차창에 내리쬐는 태양 빛의 위력이 예사롭지 않다. 삼십 도를 웃도는 불볕더위가 열흘도 넘게 계속되는 중이다. 그동안 소나기 한 번 내리지 않았다. 누군가 지구 저편에서 거대한 가마솥을 걸어놓고 불을 지피고 있는 환영마저 떠오를 지경이다. 이따금 환기를 위해 창문을 열면 아이들은 쏟아져 들어오는 열기에 즉각 불평을 쏟아낸다. 단 일 분도 참는 법이 없다.

냉기를 빼앗기지 않으려고 커튼으로 단단히 여민 집 안에서 여름을 보내던 아이들을 끌고 나왔지만 더 작은 규모의 냉방기 안에 갇혀버린 꼴이다. 여름엔 여름답게 땀을 좀 흘리며 살고 겨울엔 겨울답게 추위를 견디며 사는 게 자연스러운 거라고 염불하듯 되뇌어온 말들이 무색해진다. 이건 여름답다고 말할 정도의 더위가 아니다. 누군가 악의를 갖고 지구를 덥히고 있는 것만 같다. 결국 이렇게 만든 건 절제를 모르는 인간이란 종족일 테니

자업자득이랄밖에 달리 불평할 수도 없고, 불평해 봤자이기도 하다. 지구적 차원에서 보자면 출산을 중지하는 게 미덕일지도 모르겠다. 더 괴로운 건 습기다. 파충류가 등줄기를 기어 다니는 게 차라리 덜 괴로울 것 같다. 그래도 소금기가 섞이지 않은 바람결을 느껴볼 욕심에 영철 씨는 자주 창문 개폐 버튼을 누른다.

그는 원유 수송선의 파이프라인 공사에 투입되었다가 달포 만에 휴가를 얻어 돌아온 참이다. 사천 톤을 훌쩍 넘기는 바지선 위의 생활은 수용소 생활과 흡사하다. 어느 방향으로 달려도 육중하게 뒤채는 시커먼 바다와 맞닥뜨린다. 소금기가 느껴지는 습한 바람에 피부는 서서히 절여지는 것만 같다. 언제나 몸속에 잔물결이 일고 있는 느낌을 떨칠 수가 없다. 오랜만에 육지에 오르면 그제야 새삼스레 멀미가 시작된다. 이른바 육지 멀미. 일주일쯤 지나면 우썩우썩 올라오던 멀미가 가라앉는다.

"초록이 보고 싶다. 단단한 흙도 좀 밟고 싶고."

영철 씨의 말은 가족 누구의 관심도 끌지 못했다.

"숲으로 휴가 갈까?"

그제야 약간의 반응을 보였다. 아이들은 물론 아내마저 마뜩잖은 표정을 지어 보인 게 다였지만. 휴가요? 길게 말꼬리를 늘이며 되묻던 딸아이 얼굴엔 생뚱맞다는 표정이 노골적으로 드러났다. 다행히 일하다 돌아온 가장에 대한 일말의 공경심이나 동정심이 남아 있었던지 함께 떠나게 된 휴갓길이었다. 달랑 1박 2

일이지만.

초록이 보고 싶다는 건 수사가 아니라 영철 씨의 솔직한 고백이었다. 언제부턴가 영철 씨는 길가에 핀 꽃들을 보면 발걸음이 느려졌다. 남의 집 대문가에 오렌지색 꽃송이를 매달고 있는 능소화를 보았을 때 집주인이 의심스러워할 만큼 오래 그 앞에서 기웃거렸다. 초봄에 고개를 내민 제비꽃 무리가 어찌나 대견스럽던지 한참 동안 정신이 팔려 있기도 했다. 봄비가 흩뿌리는 날 순식간에 지는 벚꽃을 보면 애잔함에 가슴을 쓸어내렸다. 전에 없는 일이었다. 젊었을 때는 꽃 같은 건 아예 눈에 들어오지도 않았다. 꽃에 카메라를 들이대는 사람들을 도무지 이해하지 못했다. 누구는 늙어가는 징조라 했고, 누구는 남성호르몬이 줄어서라고 했다. 뭐 때문이든 영철 씨는 그런 변화가 싫지 않았다. 거친 바다 사나이로 살아온 세월은 그만하면 충분했다. 계절이 바뀌면 기분마저 바뀌는 섬세한 인간으로 살아가는 것도 나쁘지 않다고 생각했다.

딸아이의 재수로 인해 지난 이 년 동안 집안은 시험 기간이었다. 내년이면 아들 녀석이 고등학교 삼 학년이다. 그러면 다시 온 집안이 수험생 모드가 될 터였다. 생각해보면 아이들이 중학생이 되던 무렵부터 줄곧 그랬다. 아이들 성적에 대한 아내의 관심은 관심을 넘어 집착에 가까워 보였는데 아내는 그런 자신을 그저 평균치일 뿐이라고 강변했다. 아이들은 몇 년째 집에서 추석을 보냈고, 고향집에는 영철 씨 혼자 다녀와야 했다. 얄궂게도 추석은 언제나 아이들의 이 학기 중간고사 기간과 겹쳤다. 아내에게 아이들 성적은 신앙에 가까웠고 그 믿음에 도전하는 것은 부모답지 못한 짓이었다. 그러다 보니 가족 여행은 언제나 미래의 일이었다.

그렇게 했어도 딸아이는 가까스로 수도권 4년제 대학에 들어가는 걸로 만족해야 했고 아들 녀석 성적은 뒤에서 세는 게 더 빨랐다. 아들 녀석은 외관상 열심인 것처럼 보이기는 한다. 자는 시간을 빼면 언제나 책상 앞에 앉아 있으니까. 책상 앞에 앉아서 무엇을 하는지는 신만 알 일이다. 책상 앞에 얌전히 앉아 있기만 하면 학교 선생님도 엄마도 안도한다는 걸 아들 녀석은 일찌감치 터득한 모양이다. 아내가 담임선생과 상담하러 학교에 가면 늘 듣는 말이, 열심히는 한다는 말이다. 결과가 시원찮아서 그렇지. 물론 선생들은 뒷말은 절대 입 밖으로 꺼내지 않는다. 어쨌든 아들 녀석은 늘 책상 앞에 앉아 있다. 엉덩이에 자주 종기가 생기는 이유가 혈액순환이 안 되어서라니 말하면 뭐하겠는가. 종기를 건드리지 않으려고 녀석은 가운데가 도넛 모양으로 파인 방석을 어디선가 구해 와서 변함없이 책상 앞을 사수했다. 그래도 성적은 좀처럼 오르지 않았다. 오르기는커녕 현상 유지만 해도 다행이었다. 불가사의한 일이었다. 성적이 오르는 대신 얼굴에 여드름만 무성해졌다.

중학교에 들어가면서 생기기 시작한 여드름은 지치지도 않고 온 얼굴을 재개발 중인 공사판처럼 만들고 있다. 이마 쪽이 무성해지는가 싶다가 소강상태에 접어들면 이번엔 양 볼에 뾰족뾰족 솟는다. 약이라도 먹어서 좀 가라앉는가 싶으면 턱 주변과 귀뺨까지 소름 돋듯 솟아난다. 아들 녀석의 얼굴을 가득 채운 여드름을 보면, 십대를 지나는 녀석의 온갖 반항 섞인 미운 말이며 바닥을 기는 성적 따위 상관없이, 가여워지곤 한다. 대학 가면 다 없어진다. 아내는 근거 없는 말로 아이를 기만한다. 아들 녀석 역시 여드름 따위 상관없어. 공부 못하면 잉여야. 스스로를 독려한다. 제멋대로 끓는 피를 단 한 가지 이념으로 잡아 누르기만 하니 세상에 이보다 더한 폭력이 있을까? 영철 씨는 믿을 수 없다는 듯 고개를 흔들었다.

두 아이 다 자신들이 공부를 썩 잘하진 못한다는 걸 절대 받아들이려 하지 않았고, 소위 후진 대학엔 절대 가고 싶지 않다고 노래를 불렀다. 마치 그렇게 말하기만 하면 그런 일을 피할 수 있다는 듯이. 1등이 있으면 10등이나 꼴등이 있고, 누군가 명문대학에 들어가는 사람이 있으면 그저 그런 대학에 들어가는 사람도 있게 마련이라는 걸 알지만 그게 자신이어서는 절대 안 된다는 식이다.

그건 어쩌면 아내가 노래하듯 반복한 말 탓인지도 모르겠다. 공부 안 하면 네 아빠처럼 몸뚱이로 벌어먹게 된단다. 너희들 어

렸을 때 놀아주지도, 데리고 여행을 다니지도 못한 건 다 비정규
직인 아빠의 직업 탓이야. 너희들이 아빠처럼 되지 않는 유일한
길은 공부하는 것뿐이야. 아내는 영철 씨에게도 대못을 박았다.
애들이 당신한테 데면데면한 것도 다 그 때문이라고요. 몸뚱이
로 벌어먹는다는 것에 순수한 기쁨을 느끼고 있던 영철 씨로서
는 매번 정말로 못질을 당한 듯 상처를 받았다.

아이들이 지금보다 더 어렸을 때는 말 그대로 일하느라 다른
생각을 할 여유가 없었다. 그때는 내 집 마련이라는 거대한 목표
를 위해 닥치는 대로 투 잡, 쓰리 잡도 마다하지 않았다. 스쿠버
다이빙 강사에서 심해 잠수사로 전업한 게 그즈음이었다. 서해
안에서 암초 못지않게 위험한 폐어망을 제거하는 일이나, 난파
선 인양 작업을 하거나 파이프라인 공사를 하는 등 바닷속 작업
은 위험하고 힘들었지만 고소득이 보장되었고, 일거리는 부족하
지 않았다. 몇 달에 한 번씩 휴가를 나올 때마다 아이들은 스킵
버튼을 누른 것처럼 자라 있어서 놀랍기도 하고 기특하기도 했
는데, 지나고 보니 그건 아이들과의 추억을 몽땅 반납한 대가였
다. 그 시절은 한 번 지나고 나면 돌아갈 수도 돌이킬 수도 없는
시간이었다. 경제적 여유와 추억 중에 어느 한쪽을 선택하라면
결코 쉽지 않을 선택이었으나 그때는 한 번도 고민하지 않았다.
집을 장만하고 아내와 아이들이 경제적인 곤란을 느끼지 못할
정도가 되고 보니 어느덧 아이들은 부모와의 나들이를 귀찮은

의무 정도로 생각할 만큼 머리통이 커져 버렸다. 하지만 다시 그 시절로 돌아간다면 그는 역시 같은 선택을 할 수밖에 없을 거라고 생각했다.

"히힛. 여기 웃기는 이야기 있는데 한번 들어볼래?"

게임도 시시해졌는지 아들 녀석이 드디어 입을 뗀다. 뭐가 그리 재미난지 이야기를 꺼내기도 전에 키득거리기부터 한다.

"고3 수험생이 수시 면접을 보러 갔다. 면접 교수가 그러더래. 지금 당장 자기를 웃겨볼 수 있겠느냐고. 수험생은 순발력을 시험하려는 걸 거라고 생각했대. 수험생이 어떻게 했게? 히히. 수험생이 말이야, 가운뎃손가락을 교수 얼굴 앞에 치켜세웠대. 교수 새끼가 그걸 보고 존나 처웃더니 불합격시키더래."

아들 녀석은 못 참겠다는 듯 킥킥거리며 동의를 구하듯 제 누나를 쳐다본다.

"유치하긴. 그게 뭐가 웃기니?"

딸아이는 새침하게 돌아앉는다.

"아 씨, 웃었으면 합격을 시켜주든가. 떨어뜨리려면 웃지를 말든가."

녀석은 마치 제가 떨어진 것처럼 분통을 터뜨린다. 영철 씨는 웃어야 할지 말아야 할지 잠시 애매한 기분이다. 욕설과 비속어가 어쩐지 불편한 탓이다. 그때 자고 있는 줄만 알았던 아내가 과장되게 웃으며 맞장구를 친다.

"아유, 정말 면접에서 그런 질문도 한대냐?"

"그럼, 엄마. 이거 완전 리얼이야. 존나 웃기지. 그치, 엄마?"

영철 씨는 모자의 대거리를 지켜보며 쓴웃음을 지었다. 욕설이 절반인 십대들의 언어생활을 모르는 바는 아니다. 어쩌면 아이들은 폭압적인 입시 스트레스와 기성세대에 대한 불만을 욕설로 승화시키고 있는지도 모른다. 쌓인 스트레스를 몸으로 풀지 않고 입으로 최소화시키는 것이 어쩌면 다행일 수도 있겠지만 아이의 잘못된 언어생활을 바로잡아주지는 못할망정 과장스럽게 즐거워하는 아내가 어쩐지 비굴하게만 보인다. 아내처럼 영합하지 않아서 자신은 아이들에게 배척받는 건지도 모른다는 생각도 든다. 내내 섬처럼 혼자만의 생각에 빠져 있는 딸아이가 신경 쓰인다. 적어도 오늘만은 감정에 휩쓸려 분위기를 망치고 싶지 않다. 그는 뒤늦게 조금 소리 내어 부자연스럽게 웃어본다. 아쉽게도 영철 씨의 타협의 웃음을 아무도 눈치채지 못했다.

출발한 지 두 시간 반 만에 경기도 북부 소재의 한 자연휴양림에 도착했다. 칠월 말에 숙소가 남아 있었던 유일한 곳이다. 그 사실이 미심쩍었지만 선택의 여지는 없었다. 어쨌든 명색은 국립 자연휴양림이다. 영철 씨는 국립이란 단어에 일말의 기대를 걸고 예약 신청을 한 터였다. 도착하고 보니 역시나, 하는 구석이 있었다. 무성한 숲 속에 드문드문 들어선 오두막을 상상했는데 이건 그냥 너른 공터에 덩그마니 서 있는 건물이다. 마당 한

편에 바스켓이 떨어져 나간 농구 골대가 있고, 공중화장실 건물도 한 채 보인다. 화장실 앞 화단에 진노랑 꽃잎을 매단 키 작은 꽃들이 어쩌다 보니 이런 곳에 자리를 잡게 되었다는 듯 몇 송이 흩어져 있다. 주변을 휘둘러보니 테라스까지 아름드리나무 그늘이 드리운 오붓한 건물들도 보이지만 그것들은 이미 누군가가 차지하고 있다. 이 방이 왜 남아 있었는지 단번에 설명이 되었다. 재앙의 크기가 이 정도라면 감수할 수밖에 없다고 영철 씨는 선선히 생각했다.

공원관리소에서 받아 든 열쇠로 열고 들어선 오두막 안은 말 그대로 찜솥이다. 딸아이는 주방에 걸려 있는 기름때에 찌든 온도계를 들여다보더니 비명부터 질러댄다.

"헐, 대박. 삼십삼 도야, 삼십삼 도. 미치겠군. 찜질방이 따로 없잖아."

"에이, 빡치네. 무슨 자연휴양림이 이렇게 시시해?"

아들 녀석도 거든다.

"아, 아, 에어컨이 없어. 에어컨이."

드디어 아내마저 깊은 탄식을 쏟아낸다. 거실과 주방, 침실과 화장실에 테라스가 딸린 이십 평짜리 오두막 안에는 텔레비전과 낡은 선풍기 두 대뿐이다. 영철 씨는 가족들이 한마디씩 내뱉는 불평이 모두 자신을 향하는 것만 같아 잠자코 선풍기 두 대를 차례로 켜고 서둘러 창문과 문들을 열어젖힌다. 서늘한 바람 같은 건 한 점도 불어오지 않는다. 마당가에 서 있는 나무들은 정물인 듯 꼼짝도 않고 서 있다.

"어째 냉장고도 시원찮네. 어디 더워서 밥이나 해 먹겠어?"

아내는 장 봐온 식품들을 냉장고에 갈무리하면서 끊임없이 구시렁거린다.

"밥은 저녁에나 해 먹자고. 그래도 숲 속이니까 해 지면 시원할 거야. 저녁에 테라스에서 삼겹살 파티 해야지. 자, 우선 계곡으로 갑시다. 계곡에 발부터 담그고 점심은 어떻게 해결할 건지 연구해보자고. 자, 자."

영철 씨는 애써 기운을 북돋우며 말했다.

"여름엔 바이칼이나 알래스카 같은 데로 가야지. 이게 무슨 휴가야? 고행이지."

딸아이가 선풍기 앞에 얼굴을 바투 들이대고 앉아 얄밉게 종알댔다. 아들 녀석은 어느새 텔레비전에 시선이 박혀 있다. 개그맨들 여럿이 나와 온종일 숨바꼭질하듯 달음박질하는 오락 프로그램이다. 더위도 잊은 듯 입을 벌리고 또 고도의 집중 상태에 돌입했다.

휴가의 진정한 즐거움은 어쩌면 계획을 세우는 시간에 있을지도 모르겠다. 영철 씨는 새삼 자신이 이 얄량한 1박 2일간의 휴가를 준비하며 얼마나 들떴는지 생각했다. 가족들 누구도 반기지 않는 휴가를 고집한 건 단지 다른 방해 없이 오롯한 한때를 가족과 보내고 싶어서였다. 아이들의 진로라든가, 학교생활 혹은 친구에 대해 이야기를 나누고, 늦은 밤엔 아내와 와인이라도 한잔 기울이며 은퇴 이후의 삶에 관해 의논하고 싶었다.

정작 지나간 여름휴가들을 떠올려보면 하나같이 떠나기 전에도 더웠고, 떠나서도 더웠으며 돌아와서도 더웠다. 끊임없이 더위에 시달리고, 시중보다 조금씩 비싼 물건들을 구매하며 불평하고, 휴가지의 인파에 놀라는 게 휴가였다. 여름휴가란 달구어진 프라이팬 위에 땅콩 신세가 되어 스스로 올라가는 것과 다를 바 없는 일이었다. 남들도 다 떠나는데 집에만 있는 건 어쩐지 서운해서 떠나보지만 내용은 늘 비슷했다. 그런데도 기억상실증에 걸린 사람처럼 같은 일을 반복한다. 해마다 지난여름이 데자뷰처럼 되풀이된다. 이런 일들이 쌓여서 인생이 되어버린다고 생각하면 어쩐지 끔찍하기도 하고 서글프기도 하다. 오늘날의 휴가는 여기에 한 가지가 더 곁들여졌다. 바로 첨단 기기의 등장이다. 아이들은 몸만 순간 이동한 것처럼 여전히 스마트한 기기들과 일심동체가 되어 시간을 보내고 있다.

선풍기 앞에 널브러진 가족들을 내버려두고 영철 씨는 혼자 계곡을 찾아 나섰다. 시원한 계곡물에 발을 담근 사진을 한 장 찍어서 보여주며 데리고 나올 참이다. 화장실 뒤편 오솔길을 따라 내려가니 금세 계곡이 나왔다. 영철 씨는 와, 하고 탄성을 지르려다 입을 다물었다. 분명 골짜기인데 물이 없었다. 골짜기를 따라 한참을 올라갔지만 계곡은 어디나 메말라 있었다. 영철 씨는 포기하고 관리소 쪽으로 길을 잡아 걸어 내려갔다. 이런 곳이 왜 자연휴양림이냐? 이건 사기다. 머릿속에 갖가지 항의의 말이 떠올랐다. 머리 위에서 누군가 불붙은 공을 빙빙 돌리고 있는 것처럼 온몸에서 쉴 새 없이 땀이 흘러내렸다.

"이 산은 숲이 깊지 않아서 어지간히 비가 오지 않고는 계곡에 물이 안 차요. 저쪽에 차로 한 십 분만 가면 어마어마한 계곡이 있답니다."

"어마어마하다고요?"

"그럼요. 그럼요. 한번 가보시라니까요."

어마어마하다는 말에 솔깃해 영철 씨는 벼르던 항의의 말들을 꿀꺽 삼켰다.

"그 근처에 식사 좀 할 만한 데는 있습니까?"

"아, 그럼요. 백숙이고 보신탕이고 주문하는 대로 다 해줍니다. 글쎄 가보시라니까요."

영철 씨는 배고프다고 아우성인 아들 녀석과 내내 새침한 딸아이와 시큰둥한 아내를 태우고 내비게이션을 작동해서 관리소 직원이 말한 계곡을 향해 나섰다. 관리소 직원의 설명과 달리 대략 삼십 분은 달려 계곡 입구에 도착했다. 차를 타고 이동하는 내내 아이들은 조난당해 모든 희망을 상실한 사람 같은 표정으로 뒷자리에 구겨져 있었다. 깊은 바닷속에서 혼자 작업을 한대도 이것보다는 덜 답답할 것 같았다.

계곡 초입부터 사람들과 자동차가 뒤엉켜 아수라장이었다. 다행히 계곡은 관리소 직원 말마따나 제법 폭도 널찍하고 수량도 풍부해 보였다. 알록달록한 튜브에 매달려 물놀이하는 아이들이 외치는 소리가 자못 경쾌했다. 계곡을 사이에 두고 양쪽으로는 천막이 일렬종대로 빈틈없이 들어차 있었다. 계곡에 발이라도 담그려면 천막을 하나 빌려야 하고, 천막을 빌리려면 음식을 주문해야 하는 시스템이었다. 그래야만 자동차를 주차할 수 있었다. 자다가 깬 아내는 순식간에 이곳의 구조를 파악하고 재빨리 수용하더니 서둘러 차를 세우게 하고 천막 하나를 정해 앞장서 내려갔다.

천막 안에는 노란 비닐장판을 깐 평상이 역시 일렬종대로 늘어서 있었다. 평상 위에는 사 인용 포마이카 밥상과 휴대용 가스레인지가 놓여 있었다. 평상을 에워싸고 있는 천막 때문인지 계곡 안은 더 무덥게 느껴졌다. 영철 씨 일행이 처음 자리를 잡을 때만 해도 양 옆자리는 비어 있었는데 얼마 못 가 새로 도착하는 사람들로 채워졌다. 순식간에 주변 기온이 몇 도는 상승하는 것 같았다. 주문한 닭볶음탕이 사 인용 밥상 위의 휴대용 가스레인지에서 끓는 동안, 다른 평상에서도 비슷한 장면이 연출되고 있었다. 가스레인지의 열과 끓어오르는 음식의 열기와 내리쬐는 태양 아래서 기이한 꿈을 꾸고 있는 것만 같았다. 터무니없는 음식값에 비해 상차림은 보잘것없었다. 중국산 쌀로 지었음이 분명한 밥은 밥알이 제각각 굴러다녔고 곁두리로 나온 반찬은 한결같이 미지근하고 메말라 보였다. 다른 누군가의 밥상에 몇 번인가 올라갔다 내려온 반찬임이 분명했다.

"이런 데가 다 그렇지, 뭐."

아내는 체념한 듯 말했고 시장기에 몰린 아이들은 시뻘건 기름 양념으로 범벅이 된 닭볶음탕을 허겁지겁 삼키느라 바빴다. 이런 휴가를 꿈꾼 게 아니었는데. 영철 씨는 후회하듯 생각하며 그 역시 열심히 주린 배를 채웠다. 밥을 먹는 동안 땀이 온 얼굴과 몸을 끈적끈적하게 뒤덮었고 이젠 덥다는 감각조차 희미해졌다. 머릿속에 전열기 하나가 맹렬하게 돌아가고 있는 느낌이었다. 어쨌든 휴가가 아직 끝난 건 아니라고 애써 위안했다. 저녁에는 휴양림에서 바비큐를 구우며 와인이나 맥주를 곁들여 좀 더 우아하고 오붓한 식사를 할 거였고, 해가 지면 지금 보다는 훨씬 서늘한 밤의 숲을 즐길 수 있으리라 희망했다.

오래 비가 오지 않아 계곡물엔 녹조류가 떠다니고 바윗돌엔 물이끼가 낀 게 보였다. 굳이 들어가 보지 않아도 미끈거리는 감촉이 느껴지는 듯했다. 밥을 먹자마자 아내는 물가 바위에 걸터앉아 발을 물속에 담갔다. 제법 휴가 온 티를 내려고 선글라스를 걸치고 사진을 찍었다. 딸아이는 포즈를 취하는 아내를 향해 몇 번 셔터를 누르고는 냉큼 그늘로 물러났다. 두껍게 화장을 한 것만으로 모자라 선글라스에 모자까지 쓰고 얼굴을 자외선으로부터 보호하려는 딸아이의 노력은 철두철미했다. 동남아인만큼 거무튀튀한 영철 씨의 얼굴을 어쩌면 딸아이가 부끄러워하고 있을지도 모른다는 생각이 들었다. 지나치게 짧은 딸아이의 핫팬츠 사이로 허벅지에 새겨진 푸릇한 문신을 발견하고 영철 씨는 흠칫 놀랐다. 영철 씨는 무심한 척 다시 눈길을 주었다. 분명 나비 모양의 문신이다. 문신이라니. 그것도 치골과 가까운 저런 부위에. 아내도 아는 것인가. 알면서도 그냥 둔 건가. 영철 씨는 물가에 앉아 발가락으로 물을 튀기고 있는 아내를 원망하듯 쏘아보았다. 문신에 대해 지적한다면 딸아이는 오늘 저녁 내내 앵돌아져 있을 게 뻔하다.

영철 씨는 평상에서 깜박 잠들었다 깨어났다. 해가 지고 있었고 더위는 상당히 누그러져 있었다. 어느새 옆 평상은 다른 사람들로 채워져 있었고 끊임없이 바뀌는 중이기도 했다. 아내는 물방울이 뚝뚝 떨어지는 맥주 캔을 내밀었다. 아이들은 보이지 않았다.

"휴양림으로 돌아가야지, 맥주는 무슨. 근데 애들은 다 어디 간 거야?"

"큰앤 친구가 와서 잠깐 나갔고, 작은애는 휴대폰 충전할 데 없나 알아보러 갔어요."

맥주를 홀짝이며 아내가 대꾸한다.

"친구? 무슨 친구?"

영철 씨 말끝이 높아진다.

"요 근처에 사는 학교 선배랍디다."

"휴가 와서, 그것도 겨우 하룻데, 그걸 못 참아서 친구야? 또 한 놈은 내내 휴대폰을 손에서 놓질 못하니…… 에이."

영철 씨는 끓어오르는 속을 어떻게 달래야 할지 알 수 없다. 태평하게 맥주나 마시고 있는 아내의 태도 역시 못마땅하기 짝이 없다.

"어떤 친군데? 남자?"

"남자지 그럼. 여자 선배가 예까지 찾아오는 게 더 이상하지 않겠어요?"

이건 또 무슨 소리인가 싶었지만 영철 씨는 굳이 따져 묻지 않는다.

"여자고 남자고 간에 그걸 가게 놔뒀어? 둘 다 잡아두든가 하지."

"참, 당신도 고지식하긴. 그러니까 애들이 싫어하지."

아내는 별 신경을 다 쓴다는 투다. 영철 씨는 딸아이의 허벅지 문신이 다시 떠올랐고 어쩐지 마음이 불편하다.

"더운데 맥주는 무슨? 사 온 것도 잔뜩 있는데 좀 참지 않구선."

불편한 마음에 아내에게 괜한 지청구다. 아내도 지지 않는다.

아메리칸 앨리

"이런 데가 한철 장산데 자릿값은 해줘야 하는 거라고요. 몇 시간씩 차지하고 있었는데 뭘 좀 팔아줘야 할 거 아닙니까?"

아내 말이 틀린 건 아닌데 어쩐지 자꾸 화가 난다.

"그러게 이제 가면 되잖아. 휴양림 비워놓고 이게 뭐냐고? 왜 들 안 오는 거야?"

"올 때 되면 오겠지, 뭘 그래요? 어차피 휴간데. 이렇게 보내도 휴가, 저렇게 보내도 휴가 아니유? 점점 시원해지고 좋은데, 뭘."

아내는 제 것을 비우더니 영철 씨에게 권하던 캔을 마저 딴다. 처녀 적의 가녀린 몸매는 간데없고 펑퍼짐한 중년 여인이 된 아내는 목울대를 벌컥거리며 맥주를 삼키고 안주로 나온 빈대떡을 몇 번 씹지도 않고 꿀꺽 삼킨다.

"당신은 걱정도 안 돼?"

아내 얼굴을 물끄러미 바라보며 영철 씨는 물었다.

"우리도 다 그렇게 연애해서 지금 이렇게 사는 거잖우?"

아내는 태평하기만 하다. 영철 씨가 스킨스쿠버 강사를 하던 시절에 아내를 만났다. 아내는 수영을 전혀 하지 못했고 배우려고 하지도 않았다. 물 자체를 무서워하는 사람이었다. 친구들과 어울려 제주도까지 와서는 배를 타는 것조차 꺼려 해서 첫날을 제외하고는 물가에는 얼씬도 하지 않았다. 영철 씨는 이상하게 그런 아내에게 마음이 끌렸다. 물속에 발을 담그고 저무는 계곡을 응시하는 모습 어딘가에 아내의 옛 모습이 담겨 있는 것만 같아 영철 씨는 잠시 애틋한 마음이 들었다.

"나 잠수 일 관두면 어떨까?"

영철 씨는 아내 옆 바위에 엉덩이를 내려놓으며 툭 던지듯 말했다.

"무슨 일?"

아내는 의아한 눈빛으로 반문했다.

"나 지금 하는 일 말이야. 이젠 땅 위에서 살고 싶어. 가족과 떨어져 지내는 것도 싫고."

"뭐? 그럼 뭐할 건데?"

더위를 한 방에 날려버릴 만큼 아내의 목소리에서 한기가 느껴진다.

"슬슬 은퇴해야지. 내 나이도 있고."

"글쎄, 그러니까, 바다에서 은퇴하고 뭐할 건데?"

"바리스타 자격증 따서 커피전문점이나 해볼까?"

"당신 미쳤어? 커피전문점이 뉘 집 애 이름인줄 알아? 그게 초기 비용이 얼마나 많이 드는 건데. 그렇다고 잘된다는 보장은 있는 줄 알아? 한 집 건너 새로 생기는 게 커피전문점이라니까. 보기에야 좋아 보이지. 고상해 보이고. 그래, 냄새도 좋겠네. 하지만 그거 아무나 하는 거 아니야. 내 친구 영선이 봤잖아. 남편 퇴직금 홀랑 날린 거."

아내는 속사포처럼 공격을 개시했다. 원치 않는 화제가 나왔을 때 아내가 반응하는 방식이었다. 속전속결. 타협이란 없었다. 아내의 공격이 재차 이어졌다.

"은퇴란 늦으면 늦을수록 좋은 거야. 그리고 가장 좋은 퇴직금은 은퇴 없는 일자리라니까. 다행히 당신 건강하잖아. 일은 좀 고되지만 고소득이고. 세상에 그런 일자리가 어디 있다고?"

영철 씨는 꼭 커피전문점을 염두에 두고 있었던 건 아니었다. 그건 그저 막연한 꿈이었을 뿐. 바닷가에서 아내와 커피전문점을 하면서 여름철엔 스킨스쿠버 강습도 병행하면 그럭저럭 생활은 되지 싶었다.

"꼭 커피전문점이 아니어도 좋아. 그냥 다른 일 하고 싶어, 이젠. 좀 지쳤어. 돈은 조금만 벌더라도 하고 싶은 거 하면서 살고 싶어. 뭐, 지금 당장 그런다는 건 아니고. 차차 생각을 좀 해봐야지. 이게 언제까지나 할 수 있는 일은 아니니까."

영철 씨는 아내에게 파이프라인 공사 현장에서 감압 실패로 식물인간이 된 동료의 사고에 대해 말하지 않았다. 말해봐야 걱정거리만 안길 뿐이라고 생각했다. 폐어망을 제거하는 작업을 하다 폐어망에 다리가 걸려 죽을 뻔한 이야기도 집에 와서는 입도 뻥긋하지 않았다. 서해안의 바닷속이 부유물로 지옥처럼 캄캄하단 이야기도, 날마다 죽음과 사고에 대한 공포와 싸운다는 이야기도 하지 않았다.

"하고 싶은 거? 어디 하고 싶은 거 할 수 있는 세상인가? 그래도 당신, 물 좋아하잖아. 평생 물에서만 산 사람이 물 떠나서 살 수 있겠어?"

아내는 완강하다. 영화 〈그랑 블루〉를 보면서 눈물짓던 결혼 전의 아내와 지금 고집스럽게 입꼬리를 일그러뜨리고 있는 아내는 분명 다른 사람이다. 종로의 한 극장에서 영화를 보고 나와 근처 식당에 마주 앉아서였다. 아내는 밥은 한 술도 뜨지 않고 자꾸 눈물만 훔쳤다. 한참을 달래자 뜬금없이 영화 속 대사를 더듬거리며 눈물을 삼켰다. 주인공은 심해 잠수를 하는 남자였다. 남자를 사랑하는 여자가 깊은 바닷속으로 잠수하는 일이 어렵지 않느냐고 묻자 남자의 대답이 이랬다. 바다 밑바닥에 내려가면 올라가야 할 이유를 찾을 수 없어서 힘들어. 아내는 영화 속 남자와 영철 씨를 동일시하고 영화 속 여자에게 자신을 감정이입한 듯했다. 사랑하는 사람이 저런 말을 한다면 자신은 죽도록 괴로울 것 같다고 했다. 매일 자신은 모르는 바닷속 세상으로 떠나는 영철 씨를 보면 두렵다고, 다른 일을 할 수는 없느냐고 더듬거리며 아내는 서럽게 울었다.

영철 씨로선 여자와 결혼을 해서 가정을 꾸리고 아이들을 낳아 기르며 늙어가는 삶을 아직 고려하지 않던 시절이었다. 월수입 백만 원 남짓인 스킨스쿠버 강사에 만족했고 그 삶을 유지하기 위해서 결혼 따위는 꿈꾸지 않았다. 그런 그의 마음을 돌이키

게 한 건 그날 보았던 아내의 눈물이었다. 그런 아내가 지금은 냉정한 얼굴로 말했다.

"당신이 물 떠나서 살 수 있겠어?"

"스킨스쿠버 강사로 팔라우 같은 데로 갈 수도 있어. 우리 바다는 제주도 빼곤 그런 일 할 곳이 마땅치 않잖아."

"얼마나 버는데?"

"글쎄, 천 불 정도?"

"뭐, 천 불? 한 달에? 우리 식구 한 달 식비도 안 되겠네."

아내는 혀를 차더니 아예 무시하듯 돌아앉는다.

"누가 당장이래? 애들 크면 그러잔 거지. 그거로도 살 수 있어, 거기선."

"그런 이야긴 그때 가서 합시다. 당신, 작은애 좀 봐. 이야기 나온 김에 합시다. 저 녀석 유학밖엔 길이 없어요. 내 아무리 생각해봐도, 쟤 보냅시다, 더 늦기 전에. 그래도 아직은 안 늦었대요. 내 유학원에 다 알아봤어."

"유학? 그냥 둬. 저 하고 싶은 거 하게."

"하고 싶은 거 할 수 있는 세상이 아니라니까 그러네. 여기선 길이 없어요. 보냅시다. 어차피 큰애도 어학연수 가야 할 테고. 내가 같이 가서 끼고 살면 생활비도 줄이고 애들 건사도 할 테니까. 그렇게 한 몇 년 떨어져 살면 지금보단 모든 게 나아질 거야. 어차피 당신, 집 비우는 게 다반사잖아. 우리 그럽시다. 부모가 희생해야지, 뭐. 어쩌겠어요."

아내는 모든 걸 다 결정해둔 모양이다. 어둠에 절반쯤 지워진 아내 얼굴이 정물처럼 딱딱해 보인다.

여전히 딸아이도 아들 녀석도 돌아오지 않는다. 계곡은 삽시간에 어둠에 잠겼다. 천막을 따라 알전구에 알록달록 불이 들어왔다. 멋진 계곡의 여름밤이다. 꿈꾸던 계곡에서의 하룻밤은 이제 막 시작이다.

세차장 옆 미용실

누군가 파이널 라운드까지 통과해서 입사하게 되었다는 소식을 듣는 날이면,

진심 어린 축하는 죽어도 나오지 않았다.

총알이 심장을 관통하는 듯한 통증이 새삼 가슴팍을 훑고 지나갔다.

한 계절이 지나가는 동안, 내가 조금이라도 자발적인 의욕을 갖고 한 일이란 공포 영화를 보는 일뿐이었다. 공중파 텔레비전과 유선 방송에서는 경쟁이라도 하듯 시리즈로 납량 특집을 내보내고 있었다. 공포 영화는 의외의 중독성이 있었다. 보고 있는 동안 몸은 위험을 감지한 동물처럼 긴장으로 뻣뻣해지지만, 영화가 끝나고 나면 나른한 안도감이 밀려왔다. 내 몸은, 공포에 대처하기 위해 아드레날린인지 도파민인지 하는 호르몬을 분비하여 쾌감을 느끼게 된다는 이론에 딱 들어맞는 신체 반응을 보였다.

　올여름엔 유난히 비가 많이 왔다. 국지성 호우니 게릴라성 호우니 하는 일기예보가 사흘돌이로 되풀이되었다. 비가 올 거라는 예보가 나오면 며칠 전부터 세차장엔 약속이나 한 듯 사람들의 발길이 끊어졌다. 일기예보의 막강한 힘을 매번 실감해야 했다. 비가 잠시 멈출 때면 비구름이 낮게 깔린 희끄무레한 하늘에 느닷없이 잠자리 떼들이 쏟아져 나와 어지러운 군무를 추듯 떠돌았다. 저 잠자리 떼들은 어디에 숨어 있다 저렇게 쏟아져 나오는 걸까. 나는 또 매번 궁금했다.

나는 대부분의 시간을 좁다란 컨테이너 박스 안에서 영화를 보며 보냈다. 나중엔 인간이 평생 겪을 수 있는 모든 종류의 공포를 거의 다 느껴보았노라고 자부라도 할 만한 기분이 들었다. 새 떼가 나타나 마을 사람들을 무자비하게 공격하는 알프레드 히치콕의 스릴러부터, 각종 흡혈귀 영화들, 청소년들의 입시 공포나 왕따 공포를 버무린 학교 괴담 시리즈, 아이들 귀신이 등장하여 아동 학대란 비판을 받은 바 있는 영화들, 베트남 귀신, 고속도로 매표소 귀신, 거울 귀신, 가발 귀신에 이르기까지. 영화 속 공포는 갈수록 특이하고 교묘하고 용의주도하고 때로 교훈적이기도 했지만 그것을 보는 나는 차츰 무감각해지고 있었다. 나중에는 어째서 대부분의 귀신들은 여자들인가, 귀신들은 어째서 저토록 외눈박이처럼 집요한가, 하는 따위의 심드렁한 의문을 느꼈다. 그만 공포를 졸업할 때가 되었다고 느낄 즈음 나는 가장 강도 높은 공포에 뒷덜미를 사로잡혔다. 진정한 공포는 영화 속이 아니라 내 허섭스레기 같은 삶 속에 후줄근한 스토커처럼 버티고 있었다.

그날도 온종일 비가 왔다. 나는 초저녁부터 사무실에 야전침대를 펼쳐놓고 누웠다. 의자를 책상 위에 얹고 자잘한 사무실 집기 따위를 구석으로 몰아넣으면 가까스로 침대 하나를 펼칠 공간이 생겼다. 텔레비전에서 마감 뉴스를 내보내고 있었으니까 자정을 넘긴 시간이었을 것이다. 컨테이너 지붕을 두들기는 빗소리에 낡은 선풍기의 모터가 힘겹게 돌아가는 소리가 뒤섞여 좁다란 사무실 안은 마치 한창 접전 중인 전쟁터 같았다. 집엔 며칠째 들어가지 않았다. 기껏해야 아버지가 물리치료를 받으러 나갔음 직한 시간에 잠시 들러 샤워를 하고 옷을 갈아입고 나오는 정도였다. 아버지와 마주치지 않으려고 별 잔머리를 다 굴렸다. 일단 집 앞에 가면 들어가기 전에 집에 전화를 걸어보는 방법이 가장 쓸 만했다. 아버지는 뇌출혈로 쓰러진 이래 항상 전화기에 손이 닿는 자리를 차지하고 있었고, 전화벨이 두 번 이상 울리기 전에 수화기를 드니까 그것은 거의 확실한 방법이었다. 이러다 아버지와 맞닥뜨리면 그땐 지금까지의 공백을 전부 벌충하고도 남을 만한 잔소리의 쓰나미가 덮치리라는 건 각오해야 했다.

그녀는 사무실 문간에 인기척도 없이 서 있었다. 대체 언제부터 서 있었는지 나로선 짐작도 할 수 없었다. 일부러 만들어낸 헛기침 소리를 듣고서야 나는 퍼뜩 놀라 몸을 일으켰다. 양손에 큼직한 레모네이드 잔을 든 채였다. 그녀는 잔 하나를 내게 내밀었다. 자잘한 얼음 조각들이 서로 부딪치는 느낌이 손끝에 상큼하게 전해졌다. 나는 침대 한쪽에 그녀를 위한 자리를 만들어주었다. 그녀는 자리에 앉지 않고 여전히 문에 기대선 채로 자신의 잔을 천천히 기울여 음료를 마셨다. 나도 그녀를 따라 차가운 물이 주르르 흘러내리는 유리잔에 입을 댔다. 겉으로 보기엔 레모네이드 같았는데 실은 칵테일이었다. 달콤하지만 분명히 알코올의 쓴맛이 섞여 있었다. 이게 뭐예요? 물었지만 그녀는 별 대답 없이 아작거리며 이로 얼음덩어리를 부수어 먹었다. 이따금 차가운 유리잔을 제 양쪽 뺨에 차례로 대보기도 했다.

마침 스포츠 뉴스가 시작되었기에 나는 텔레비전으로 시선을 돌렸다. 박찬호가 시즌 13패에 더불어 6연패의 수렁에 빠졌다는 내용을 아나운서는 무슨 유쾌한 소식이라도 전하듯 우렁차게 떠들어댔다. 에이, 하며 고개를 돌리니 그새 그녀는 사라지고 없었다. 나는 그런가 보다 했다. 그녀는 늘 그런 식이었으니까. 다음 날 낮에야 나는 책상 위에서 그녀의 가위를 발견했다. 그녀의 커팅 가위가 왜 거기에 놓여 있는 건지 이해할 수 없었다. 지난밤 그녀가 떨어뜨리고 간 것인 듯했다. 나는 가위를 돌려주려 했지만 그럴 수 없었다.

그녀의 가위는 생각보다 작고 가볍다. 내 손바닥 위에 올려놓으면 가운뎃손가락에서 손목까지의 길이와 엇비슷하다. 두 개의 둥근 손잡이는 어른의 손가락이 들어갈 꼭 그만큼의 크기다. 손잡이 끝에 달린 쉼표 모양의 꼬리는 여자들의 액세서리처럼 디자인의 밋밋함을 메워준다.

사각사각, 그녀의 경쾌한 가위질 소리가 귓가에 들리는 것 같다. 그녀의 커팅 방법은 특이했다. 나는 이제껏 여러 미용실을 다니며 내 머리를 맡겨보았지만 그녀와 같은 방식으로 커트하는 미용사를 본 적이 없다. 그녀는 오른손에 가위를, 왼손에 빗을 든다. 물론 이것은 대부분의 미용사들과 같다. 그녀는 한 번 커트를 하면 곧바로 엄지손가락에서 가위를 빼는 동시에, 새끼손가락으로 가위를 휘리릭 돌려 가윗날이 뒤로 가게 한 다음 손바닥으로 감싼다. 그 상태에서 다음에 자를 머리카락을 준비하고 다시금 가위를 휘리릭 돌리면 가위는 어느새 엄지손가락으로 돌아와서 다음 동작을 수행하는 식이다. 그녀의 손놀림은 매우 경쾌하고 민첩해서 눈여겨보지 않으면 끊임없이 가위가 360도로 회전하고 있다는 걸 눈치조차 챌 수 없다. 그녀는 가위를 들었을 때 가장 그녀다워 보였다. 카리스마까지는 아니어도 자신이 들고 있는 가위를 충분히 제압할 수 있다는 자신감이 보였고, 그래서 아름다웠다. 누구든 세상에서 자신이 제압할 수 있는 것이 단 한 가지라도 있다면 그럭저럭 세상을 살아갈 힘이 생기지 않을까? 그게 뭐든 말이다.

가윗날은 햇빛을 받자 도도하게 빛살을 퉁겨낸다. 나는 끝내 돌려주지 못한 그녀의 가위를 며칠 동안 바지 한쪽 주머니에 넣고 다녔다. 난생처음 총을 지녀본 사람처럼 허리춤 한쪽이 묵직해진 기분이 들었다. 얼마 못 가 주머니에 작은 구멍이 났다. 가위는 내게 처치 곤란한 물건일 뿐이다. 나는 그녀를 보고 싶다. 그녀에게 가위를 돌려주고 싶다. 가위가 본래의 목적으로 사용되는 것을 보고 싶다. 단지 그뿐이다.

자살을 생각하는 사람들은 주변에 그 사실을 암시하는 말이나 행동을 은연중에 내비친다고 한다. 주변 사람들이 그것을 그리 심각하게 생각하지 않거나, 심지어 무관심해서 기회를 놓친다는 게 문제일 뿐이다. 이제 와 생각해보면 그녀는 공공연히 자살을 예고하는 말을 입에 달고 살았다. 마치 이사를 간다거나 직업을 바꿔야겠다고 말하는 정도의 뉘앙스로. 그게 하도 자연스러워서 아무도 심각하게 생각하지 않았다. 그녀는 외관상 자살을 생각할 만큼 우울해 보인다거나, 병적인 구석이 있어 보인다거나, 경제적인 난관에 봉착해 있거나, 그 밖의 해결하기 어려운 문제를 안고 있는 것처럼 보이지는 않았으니까. 하긴, 눈치를 챘다 한들 누가 그것을 막을 수 있었을까?

"난 올겨울엔 눈을 볼 수 없을 거야."

"왜요? 올겨울에 열대 지역으로 여행이라도 가세요?"

"그때쯤이면 여기에 존재하지 않을 테니까. 일본 사람들은 일부러 절경을 찾아가 자살을 실행한다지? 자신의 마지막 순간에 최대한의 배려를 해주려는 걸까?"

"배려는 무슨? 자살에도 미장센이 필요하다고 생각하나 보죠.

자신을 정말 배려한다면 어떻게든 살아야 하는 거 아녜요?"

"자긴, 자기가 어떻게든 살아야 할 만하다고 생각해? 그런 결론에 도달할 만큼 진지하게 생각해본 적 있어? 생활고나 실연으로 자살하는 사람들 있지. 그건 진정한 의미의 자살은 아니라고 생각해. 그건 타살에 가깝지."

"하긴, 자살이야말로 진정한 철학적 행위라고 말한 사람도 있었지요."

"그래서 그 말을 한 사람은 진정한 철학적 행위를 몸소 실천했대? 가방 끈 긴 인간들이란……."

그녀는 시니컬하게 말하다 돌연 화제를 바꾸었다.

"자기, 나랑 연애할래? 아주 진하게. 그러면 살고 싶어질지도 모르잖아? 올겨울에도 변함없이 첫눈을 볼 수 있을지도."

그때 나는 멋쩍게 웃으며 슬며시 자리를 피했던가? 뚜렷하게 기억나지 않는다. 나는 그녀를 좋아했지만 이상하게도 그녀와 연애를 할 수도 있다는 생각 따위는 들지 않았다. 추녀도 아니었고 아직 그리 늙지도 않았지만.

나는 건물주의 부탁대로 미용실 문을 활짝 열어두었다. 그녀가 들것에 실려 나간 후 처음으로 미용실 문을 연 셈이다. 건물주는 내게 미용실 키를 맡기러 와서는 줄곧 담배만 피우다 돌아갔다. 건물을 올려다보는 그의 눈빛에 넌더리 난다는 기색이 역력했다. 오 층에 세 들었던 학원은 새 건물로 이사 갔고, 사 층의

실내 놀이터는 놀이기구 안전사고로 다섯 살짜리 아이가 목숨을 잃으면서 스스로 폐업했다. 그는 건물주란 이유로 몇 번인가 경찰서에 불려 다녔다.

나는 좀 다른 이유로 형사의 방문을 받았다. 그녀와 내가 제법 친분이 있었다는 이유였다. 형사는 친분 이상으로 생각하는 눈치였지만 나는 꺼릴 것이 없었다. 친분이라야 대단할 것은 없었다. 나는 삼 주에 한 번씩 그녀에게 이발을 하고 서비스로 두피 마사지를 받았다. 그녀는 손님이 없는 한가한 시간이면 나를 초대해 같이 점심을 먹었다. 그녀의 점심시간은 정오 이전일 때도 있고 오후 세 시가 훌쩍 넘기도 했다. 비 오는 날에는 칼국수나 부침개, 쌀쌀한 날은 만둣국이나 떡국, 무더운 날에는 매콤한 비빔국수나 냉면 따위가 밥상에 올랐다. 이따금 온갖 남은 반찬을 다 넣었음 직한 비빔밥일 때도 있었다. 나는 그녀의 점심 초대가 싫지 않았다. 세차장에서 혼자 시켜 먹는 자장면 따위에 신물이 나 있었다.

"딱 일 인분의 음식을 만들기는 너무 어려워. 그러고 싶지도 않고. 이렇게 함께 먹어주는 사람이 있어서 좋아."

그녀는 말했다. 해가 지면 세차장 낡은 의자에 앉아 맥주를 마셨다. 그녀는 미용실 사인볼의 전원을 끄고 들어가 페트병을 들고 나왔다. 그녀가 들고 나온 페트병에 든 말간 액체가 소주라는 건 얼마 후에 알았다. 우리는 그렇게 각자의 생각에 잠겨 각자의 술을, 아니 고민을 마셨다. 느릿느릿 내려오는 어둠이 안주였다. 침묵은 조금도 어색하지 않았다. 작고 갸름한 얼굴에 눈, 코, 입이 고루 오밀조밀하고 평균 신장에도 못 미치는 작은 키의 그녀는 미인이라고는 할 수 없었지만, 그런 건 사실 나로선 아무 상관이 없었다.

그녀의 생활은 단순했다. 일주일에 육 일은 아침부터 손님이 끊어질 때까지 미용실에서 살았고, 쉬는 월요일이면 대개 미용 봉사를 다녔다. 정해놓고 다니는 보육원이나 장애아 시설이 대여섯 군데는 되었다. 그게 내가 아는 그녀 생활의 전부였다. 그녀를 찾아오는 사람도, 그녀 쪽에서 특별히 찾아가 만나는 사람도 없어 보였다. 나는 그녀에게 일종의 우정을 느끼고 있었다. 아니, 보다 엄밀하게 말하면 위안을 받았던 것도 같다. 그녀와 함께 있으면 어쩐지 나도 그럭저럭 괜찮은 사람 같은 느낌이 들었다.

형사는 그 후 두 번을 더 찾아왔다. 두 번째 찾아와서는 한 달도 더 전에 있었던 나들이에 대해 물었다. 그는 대체 그 일을 누구에게 전해 들은 것일까?

새벽부터 철겹게 비가 내리던 날이었다. 기상 캐스터는 이제 우리나라도 아열대기후로 바뀌면서 따로 장마 기간이 없이 기나긴 우기와 건기로 나뉠 거라고 말했다. 기상 캐스터의 말처럼, 그즈음 비는 사흘돌이로 쏟아졌다. 세차장에는 사람 그림자 하나 없었다. 그래도 세차장에 나오는 일을 거를 수는 없었다. 세차장에 자기 집 쓰레기를 뭉텅이째 내다 버리는 고약한 인간들도 있었고, 수도꼭지에서 양동이로 물을 받아 도둑 세차를 하는 얌체들도 있었다. 그들은 세차장에 사람 발길이 끊어졌다 싶으면 일을 벌였다. 나는 세차장에 나와 하수구를 점검하고 수도 밸브를 잠그고 출입구에 체인을 감았다. 사선으로 내리긋는 빗줄기를 바라보다 아버지의 고물차에 몸을 실었다. 십칠 년 된 자주색 르망이었다.

제부도 바닷길이라도 달려볼까, 서해안 고속도로를 타고 달리다가 행담도 휴게소쯤에서 유턴을 할까, 인천공항길을 갈까, 잠시 이런저런 궁리를 했다. 나는 공항 쪽이 제일 마음에 들었다. 어딘가로 여행을 떠난다는 상상은 언제나 마음이 설레었다. 여행 가방의 손잡이를 끌고 번호가 쓰인 게이트로 사라지는 사람들을 구경하는 일은 조금도 지루하지 않았다. 널찍한 유리창을 통해 활주로에 뜨고 내리는 비행기를 관찰하는 것도 좋았다. 비행기 아래서 우주복 모양의 작업복을 입은 사람들이 정비를 하곤 했다. 비행기는 소인국에 포로로 붙잡힌 걸리버를 연상시켰다. 구경에 싫증 나면 식당가로 가서 식사를 했다. 주로 양상추와 토마토 사이에 두툼한 스테이크가 끼워진 호밀빵 샌드위치를 먹고 커피를 마셨다. 이 간단한 점심식사에 드는 비용은 우리 동네 분식집 칼국수 네 그릇과 맞먹었다. 게다가 공항 통행세도 만만치 않았다.

나는 아무런 작정도 없이 시동을 걸었다. 세차장을 빠져나오는데 미용실 여자가 막 미용실 문을 잠그고 있었다. 어디 가세요? 나는 차창을 내리고 물었다. 그녀는 무릎까지 내려오는 아이보리색 트렌치코트에 스커트를 받쳐 입고 하이힐까지 신고 있었다. 제법 신경 써서 갖춰 입은 차림새였다.

"가시는 데까지 태워다 드릴게요. 비도 오는데 타세요."

나는 수작을 거는 바람둥이처럼 말했다. 그녀는 선뜻 보조석에 올라탔다.

"이제 어디로 가면 되죠? 터미널? 아님, 전철역? 어디든지 갑니다. 저 오늘 공휴일이에요. 보다시피 비가 오잖아요. 그런데 오늘은 월요일도 아닌데 어디 가세요?"

"서해."

그녀가 툭 내뱉었다.

"서해? 서해 어디죠? 뭐, 좋습니다. 제가 그동안 신세 진 점심 한 번에 갚지요."

나는 서해안 고속도로를 타기 위해 천천히 차를 유턴시켰다. 그녀는 내내 지나치게 말수가 적었다. 나는 고속도로에 들어서고 나서 라디오를 틀었다. 시디플레이어 기능은 아예 없었고 카세트도 이미 고장 난 지 오래였다. 라디오 주파수마저 좀처럼 맞지 않았다. 나는 몇 번 시도하다 그마저 포기했다.

"이 차가 원체 오래돼서요. 그래도 아버지가 워낙 길을 잘 들여놔서 달리는 데는 지장 없어요."

나는 변명하듯 말했다.

"그냥 조용히 가는 게 더 좋아."

그녀는 무관심하게 말했다. 태풍의 기운을 동반한 빗줄기는 점점 사나워져 갔다. 차체를 두들기는 빗소리가 금방 차를 부서 뜨릴 것처럼 요란했다. 밖이 소란스러울수록 차 안은 잠수함처럼 고즈넉하게 느껴졌다. 고속도로가 한산해서 빗속에서도 내내 시속 120을 유지했다.

"어딜 가려던 길이었어?"

그녀가 한참 만에 입을 열었다.

"그냥, 공항에 가볼까 망설이던 참이었어요."

"공항? 공항엔 왜?"

"공항에 볼거리 많아요. 공항, 좋잖아요. 국경을 넘는다는 상상만 해도 숨통이 트이는 것 같지 않아요?"

"국경을 넘는다고 뭐가 달라지나? 드라마에선 뭔 문제만 생기면 비행기 타고 쌩하니 사라지지만, 그건 너무 무책임한 방식이야. 어릴 때, 공항에 간 적이 있었어. 두 번이나. 초등학교에 들어가기도 전인데 그때 일은 생생하게 기억나. 두 번 다 갑작스런 고열로 까무러쳤지. 그러지 않았다면 지금쯤 유럽의 어느 나라에서 입양아로 살고 있을 텐데. 그랬다면 내 운명이 달라졌을까?"

　그녀는 마지막 말을 혼잣말인 듯 중얼거렸다. 나는 아무 대답
도 할 수 없었다.

　"요즘 통 잠을 못 자. 수면 유도제는 이젠 듣질 않아. 암비엔같
은 진짜 수면제가 필요한데, 그건 의사 처방전이 없으면 주질 않
아."

　"그거 인터넷에서 구할 수 있을걸요."

　고속도로를 달리는 동안 우리는 이런 이야기들을 나누었다. T
읍에서 학암포란 이정표를 따라 내처 달리다 막다른 송림 입구
에 이르러 차를 세웠다. 송림은 온통 은회색 모래로 덮여 있었
다. 그녀는 검은 우산을 펴 들고 차에서 내렸다. 그녀의 하이힐
은 모래 속으로 푹푹 꺼졌다. 허우적거리는 그녀의 걸음새는 금
방 넘어질 듯 위태로워 보였다. 그녀는 망설이듯 송림 사이로 사
라졌다. 나는 운전석에 앉은 채 담배를 꺼내 물었다. 차 안이 연
기로 자욱하도록 연거푸 담배를 빨았다. 실험용 쥐처럼 정신이
혼곤해왔다. 차창을 조금 내려 연기의 길을 터주었다.

　나는 트렁크에서 우산을 꺼내 들고 그녀가 사라진 길을 뒤따
랐다. 학 모양의 바위가 해변에 펼쳐져 있을지 문득 궁금했다.
송림을 벗어나자 얕은 모래언덕이 나타났다. 자꾸만 미끄러지는
모래언덕을 가까스로 오르니 한눈에 바다가 들어왔다. 백사장이
고르게 펼쳐져 있고 백사장이 끝나는 지점에서부터 갯벌이 시작

되었다. 갯벌 저만치 밀려난 파도는 은색의 띠처럼 보였다. 동해 바다처럼 압도하는 느낌은 없었지만 훨씬 아름다웠다. 나는 백사장을 굽어보며 몇 차례 심호흡을 했다. 그녀는 금방 눈에 띄지 않았다. 나는 빗발을 막으려고 내려 쓴 우산을 치켜들었다. 갯벌 저 끝, 파도와 만나는 지점쯤에 한 점이 보였다. 그녀의 검정색 우산이었다. 어쩌자고 그새 그렇게 멀리 가버렸는지 영문을 알 수 없었다. 눈살을 좁히고 지켜보니 그 검은 점은 조금씩 전진하고 있었다.

나는 보폭을 크게 하여 곧장 달려갔다. 그녀와의 거리는 좀처럼 좁혀지지 않았다. 알 수 없는 공포에 호흡이 가빠왔다. 나는 우산을 던지고 뛰기 시작했다. 그녀는 무릎까지 물속에 잠겨들고 있었다. 나는, 누님, 누님, 목청껏 소리쳤다. 우스꽝스러운 호칭이었지만 어쩔 수 없었다. 그녀는 흠칫, 제자리에 멈추었다. 그녀의 얼굴은 흠뻑 젖어 있었다. 빗물 때문인지 눈물 때문인지 구분할 수 없었다. 나는 다짜고짜 그녀의 손을 잡았다. 손은 죽은 자의 것처럼 차디찼다. 내 구두 속으로 쿨럭, 거리며 바닷물이 스며들었다. 나는 그녀의 손을 잡아끌고 개펄로 돌아 나올 생각이었다. 하지만 바닷물에 무릎까지 잠기고 보니 마음이 달라졌다. 그대로 그녀의 손을 잡고 바다를 향해 걸어 들어가고 싶었다. 모처럼의 욕구는 미치도록 강렬하고 생생했다. 나는 몇 발짝 앞서 걸어 들어갔다. 그녀는 순순히 내가 이끄는 대로 따라왔다.

금세 물이 내 허벅지까지 차올랐다. 키 작은 그녀의 허리춤을 넘실거렸다. 내 손에 잡힌 그녀의 손가락이 꿈틀, 저항했다. 그녀는 내 팔을 잡아 해변 쪽으로 이끌었다. 우리는 말없이 바다를 벗어났다. 그녀는 바다에서 구두 한 짝을 잃어버렸다. 나중에는 나머지 한 짝마저 파도를 향해 던져버렸다.

돌아오는 길에 늦은 점심을 먹었다. 몹시 시장해서인지 허름한 시골 식당에서 파는 닭백숙은 정말 맛있었다. 우리는 국물까지 남김없이 먹어치웠다. 흐물흐물해진 잔뼈들이 상 위에 봉분처럼 쌓였다. 대단한 일을 하고 난 기분이었다. 우리는 그날 서로에게 아무것도 묻지 않았다. 나들이는 이게 다였다.

나는 세차장 출입구에 쳐둔 체인을 풀어 한쪽으로 던졌다. 짱짱한 아침 햇살에 눈이 부시다. 사무실 문을 한껏 열어젖혔다. 갇혀 있던 텁텁한 공기가 울컥 쏟아져 나온다. 자주 비워내지 않는 재떨이는 담배꽁초에 가래까지 뒤섞여 부패에 가속도를 낸다. 나는 그녀의 가위를 책상 서랍 깊숙이 집어넣었다.

미용실 통유리 안으로 셔츠 소매를 걷어붙인 사내가 보였다. 사내는 미용실 벽에 부착되어 있던 가구들을 차례로 떼어내는 중이다. 그의 손놀림은 빈틈없어 보였다. 헛된 손짓 하나도 허용하지 않을 듯했다. 몇 개의 공구로 몇 개의 나사를 돌리면 벽면에 붙어 있던 미용 경대들이 비늘처럼 툭툭 떨어져 나왔다. 사내는 세 개의 거울 중 마지막 것을 떼어내고 모아둔 나사들을 비닐

봉지 안에 쓸어 담았다.

"아저씨, 그거 어디로 가져가는 겁니까?"

내 질문은 어쩐지 항의 조다. 사내는 샴푸대를 해체하는 일에 골몰하느라 고개를 들지도 않는다. 샴푸대와 샴푸 의자는 금세 떨어져 나와 바닥에 뒹굴었다. 의자의 곡선을 따라 몸을 눕히고 그녀의 손길에 머리를 맡기고 누워 있으면 아랍의 왕자가 된 듯 편안했었다. 그녀는 오래도록 공을 들여 샴푸를 해주었다. 머리 구석구석에 열 개의 지문으로 수를 놓듯 마사지를 해주었다. 그녀의 손길이 지나갈 때마다 등골을 타고 쾌감이 퍼졌다. 그녀의 샴푸 마사지를 받고 나면 팔천 원이란 커트 비용이 터무니없이 싸게 느껴지곤 했다.

나는 새로운 담배 한 개비를 꺼내 물었다. 담배를 끊어야 한다고 생각하면서도 언제나 주머니 속에는 담배와 라이터가 준비되어 있다. 나는 무심코 담배 연기를 미용실 안에 훅, 내뱉었다. 그제야 사내는 허리를 펴고 일어섰다. 사내는 콧방울을 벌름거리며 바지 주머니에 차례로 손을 넣었다 뺐다. 나는 담배 한 개비를 꺼내 사내에게 건네고 라이터를 켜 불을 붙여주었다. 사내가 담배 연기를 깊이 빨아들이고 나서 말했다.

"중고 미용 가구 취급하는 데로 가지요. 왜, 빌려준 돈이라도 있소?"

사내는 엷은 호기심을 비친다. 나는 천천히 고개를 젓고 돌아섰다. 사무실 문은 활짝 열린 채다. 문득 동전 주머니를 책상 위에 그냥 두고 나온 게 기억났다. 미쳤군. 한걸음에 사무실로 돌아갔다. 책상 위에 손때 묻은 광목 자루가 보이고 서랍문은 열린 채다. 돈 주머니를 잊다니. 나는 자조하듯 고개를 저으며 동전교환기에 동전을 보충했다. 야간에 동전교환기를 통째로 떼어가는 사고를 겪은 뒤부터 마감 때는 모든 기기 안의 동전을 수거하곤 한다. 은회색 소나타가 천천히 미끄러져 들어와 맨 끝 세차 부스로 들어갔다. 나는 뒤에서 자동차가 세차 부스 안에 제대로 들어가도록 수신호를 해주었다.

사무실로 돌아와 형광등을 켰다. 사절지 도화지만 한 유리창이 달린 컨테이너 박스는 불을 켜도 어둠침침하다. 책상 위에 두꺼운 책들이 너덧 권 쌓여 있다. 책갈피를 열어보지 않은 지 서너 달도 넘었다. 국어, 영어, 한국사, 행정학개론. 한결같이 9급 공무원 만점 합격이란 터무니없는 타이틀을 달고 있다. 그 옆엔 만화책이 그보다 배는 높게 쌓여 있다. 야설록의 무협만화 시리즈물이다. 만화책은 값싸고 합법적인 환각제 역할을 한다. 나는 그 속에서 현실도피를 감행한다. 그러나 그 환각은 너무나 짧다. 책장을 덮는 순간 사라져버린다.

공무원 시험이라도 봐라. 아니, 아니지. 요즘 공무원만 한 게 없다. 비싼 수업료를 내고 사업의 모진 일면만을 겪은 아버지에게 공무원은 말 그대로 신이 내린 직장이다. 어느 날 아버지는 수험서를 사다가 내 책상 위에 갖다놓았다. 마치 그렇게만 하면 모든 일이 잘될 거라는 듯이. 몸도 불편한 사람이 누구를 시켜 그 일을 한 것인지가 나로서는 더 궁금했다. 제대한 지 벌써 이 년이 훌쩍 넘었다. 보는 시험마다 낙방이고 내는 이력서마다 번 번이 퇴짜를 맞았다. 차츰 거절당하는 일에 익숙해졌다. 이젠 혹 시 누군가 합격이라고 말하면 그 사람을 두들겨 패버릴지도 모 르겠다. 갑작스런 충격 때문에. 사실 이보다 더 심각한 사실은 무감각하게 상황에 적응해가는 나 자신이다. 삼 년쯤 이렇게 지 내다 보면 어지간한 사람이 아니고는 뭔가를 시작하기가 두려워 진다.

그녀의 죽음이 간접적으로 나를 떠밀었는지는 모르겠다. 어쨌 든 나는 공무원 고시 학원에 등록했다. 고등학교를 갓 졸업한 앳 된 청년들부터, 나이 제한 탓에 마지노선에 몰린 축에 이르기까 지, 좁다란 강의실을 가득 메우고 있는 구부러진 어깨들을 보면 멀미가 날 것만 같았다. 세 시간 강의 사이에 쉬는 시간 십 분 동 안 강의실 옆 옹색한 발코니에서 남자 수강생들은 약속이나 한 듯 담배를 꺼내 물었다. 그들이 뿜어내는 담배 연기가 학원 건물 을 음험하게 뒤덮는 듯했다. 나는 그들 사이에서 깊이 담배 연기 를 들이마셨다. 별빛을 단 하나도 찾아보기 어려운 고시촌의 탁 한 하늘을 보며 생각하고 또 생각했다. 나는 무엇을 하고 싶은 가? 아니, 난 대체 무엇을 할 수 있을까? 머릿속은 하늘보다 더

깜깜했다. 공무원이 되고 싶다는 열망 따위는 눈곱만큼도 없다. 엄청난 경쟁률을 뚫고 시험에 합격하리라는 자신감이나 의지도 없다. 아무것도 시도하지 않는 것보다 낫다고 생각했을 뿐이다. 정작 학원에 가지 않게 된 건 영은을 만나고부터였다. 출석 일수는 보름도 채우지 못했다. 삼 개월 수강료를 선불한 상태였지만 학원에서는 전화 한 통 걸어오지 않았다. 그들로선, 당연하다.

만났다니, 그건 만난 게 아니다. 보았다는 말이 보다 정확할 것이다. 초등학교 교실보다 좁은 공간에 일 인용 책상과 의자가 백 개쯤 빼곡하게 들어선 강의실이었다. 그곳에 빈자리라곤 없었다. 나는 늘 강의 시간에 임박해서 들어가곤 했다. 뒷자리를 잡아 가방을 내려놓고 발코니로 나오는데 맨 앞줄에 앉아 있던 여자가 문득 고개를 돌렸다. 그녀의 시선은 분명히 나를 향했고, 한순간 멈추었다가 천천히 제자리로 돌아갔다. 영은이었다. 그녀는 고개를 돌린 후 다시는 돌아보지 않았다. 마치 나를 보지 못했다는 듯이. 세 시간 강의 내내, 나는 가까스로 엉덩이를 붙이고 앉아 검은 머리카락의 숲들 사이에서 그녀의 뒷모습을 훔쳐보았다. 수업이 끝나자마자 그녀는 가방을 어깨에 메고 앞문으로 나가버렸다. 품이 넉넉한 임신복 위에 얄따란 카디건을 걸친 그녀의 배는 꽤 불러 보였다. 영은을 보았지만, 영은일 리 없었다.

영은을 마지막으로 만났던 게 제대 반년을 앞두고였다. 그녀는 내가 입대한 후에 여러 번 면회를 와주었다. 서울에서 화천은 가까운 거리가 아니었다. 그녀가 오는 날이면 나는 늘 외박 신청을 했다. 그녀를 만나러 나가는 동안 아랫도리는 수압이 높은 고무호스처럼 대책 없이 팽창하곤 했다. 그날 영은은 평소와 달랐다. 읍내에 나가서 밥을 사 먹고 일찌감치 모텔에 찾아들곤 했는데 그날은 어쩐지 빙빙 겉돌기만 했다. 그녀는 설렁탕 백반을 먹고 나자 커피를 마시러 가자고 했다. 커피전문점에서는 내내 말 없이 창밖만 내다보더니 그다음엔 비디오방에 가자고 했다. 그녀는 페드로 알모도바르 감독의 〈그녀에게〉를 골랐다. 나로선 비디오테이프야 어떤 거든 상관없었다. 오프닝의 춤과 음악은 단숨에 관객의 시선을 사로잡을 만했다. 네가 고르는 영화들은 언제나 멋있어. 나는 다소 호들갑스럽게 떠들어대면서도 영화에 몰입할 수 없었다. 영화보다 더 강력한 몰입 대상이 눈앞에 있었다. 나는 평소처럼 그녀의 젖가슴을 만지고 입술을 핥고 한 손을 스커트 속으로 밀어 넣었다. 영은은 도무지 뜨거워지지 않았다. 하지 마, 하지 마, 애원하듯 중얼거렸다. 나는 그녀의 입술을 내 입으로 덮치고 팽창된 호스의 막힌 출구를 터주었다. 그녀에게서는 얕은 한숨이 새어 나왔다.

비디오방을 나서니 날은 어둑해져 있었다. 영은은 말없이 역전 쪽으로 앞서 갔다. 나는 역전 주변의 여관을 머릿속으로 톺아보고 있었다. 그녀는 곧장 터미널로 들어가서 차표를 샀다. 너

뭐하는 거니? 나는 그녀의 차표를 빼앗으며 소리쳤다. 요즘, 통잠을 못 자. 그냥 가게 해줘. 그 말을 끝으로 영은은 고집스럽게 입을 다물었다. 영은은 내 손의 차표를 빼앗더니 핸드백에서 흰 봉투 한 개를 꺼내 내 손에 쥐여주었다. 나는 영문을 몰라 봉투와 영은의 얼굴을 번갈아 바라보았다. 영은은 천천히 돌아서서 서울행 고속버스에 올라탔다.

제대하고 나서야 영은이 자살했다는 소식을 들었다. 그사이에 결혼했었다는 사실도. 탈영이라도 할까 봐 친구들은 한결같이 쉬쉬하고 있었던 모양이었다. 영은의 죽음은 충격적이긴 했지만 신기하게도 내게 그리 큰 고통이 되지는 않았다. 나와의 결별과 그녀의 죽음 사이에 결혼이라는 사건이 끼어 있어서 그것이 내겐 일종의 위안으로 작용했다. 그녀의 죽음은 그 결혼에 많은 책임이 있을 거라고 내 멋대로 생각했다. 나는 몰래 사건 현장을 벗어나는 범인처럼 재빨리 그 우울한 사건에서 빠져나왔다. 그날, 그녀가 건네주고 간 봉투에는 몇 장의 지폐가 들어 있었다. 내가 군인이었고, 우리 집이 넉넉한 편은 아니었지만 돈을 주고 간 그녀의 행동은 두고두고 이해하기 어려웠다.

그날 보았던 여자가 영은이일 리는 없었다. 그런데도 나는 그날 이후 학원에 나가지 않았다. 학원에 가는 대신 책가방을 메고 세차장에 나왔다. 공무원 시험 스케줄 따위는 챙기지 않은 지 오래였다. 이제 내가 세차장을 돌보는 일은 집에서도 암묵적인 사실이 되었다. 나는 이제 내가 뭘 하고 싶은지 더 이상 생각하지 않는다. 뭘 하고 싶다고 해서 할 수 있는 게 아니란 걸 이미 너무 잘 알기 때문이다. 아무것도 하지 않는 것보다 나을 것 같아서 뭘 한댔자 반거들충이밖에 안 된다는 것도 이젠 안다.

세차 부스 네 군데에 차들이 전부 들어찼다. 햇살은 우울증에 걸린 사람마저 떨쳐 일어나게 할 만큼 화사하고, 게다가 주말이 시작된다. 자신의 애마를 말끔하게 씻겨서 가을 나들이를 떠나고 싶을 만도 한 날이다. 검은색 그랜저 한 대가 들어선다. 방금 출고한 차처럼 스크래치 하나 없는 외관이 번쩍거린다.

"아니, 여기 손 세차는 안 해?"

사내는 못마땅한 듯이 중얼거린다. 그는 셀프 세차장이 생소하다는 표정이다. 이런 경우, 아버지는 손수 세차를 해주었다. 나는 사내에게 다가갔다.

"셀프 세차장인데요. 처음이신가요? 한번 해보시겠어요?"

나는 주머니에서 오백 원짜리 동전을 한줌 꺼냈다.

"우선 동전을 준비하시고요. 물론 오백 원짜리라야만 하죠. 조종간을 예비 세차로 맞추시고 코인 박스에 동전을 넣으세요. 워터건을 이렇게 꽉 잡으시고. 잘못하면 수압이 워낙 세서 놓칠 수가 있거든요. 삼 분 동안 물이 나오죠. 물로 초벌 세차를 하고, 그다음에는 조종간을 샴푸에 맞추세요."

나는 닫힌 미용실 문을 밀어보았다. 문은 선뜻 열렸다. 가구가 빠진 공간은 어쩐지 더 협소해 보였다. 구석구석에 머리카락과 먼지가 뒤섞인 뭉치들이 굴러다녔다. 미용실 안쪽으로 작은 골방이 있다. 그녀는 늘 그 방에서 만둣국이나 칼국수 혹은 비빔밥이나 떡볶이 따위를 만들어 쟁반에 담아 내오곤 했다. 나는 그 방 안을 한 번도 들여다본 적이 없다. 내게 그 방은 마술사의 자루 같았다. 나는 천천히 방문을 열었다. 방 안은 깊은 동굴 속처럼 어두웠다. 천장 가까운 곳에 환풍기가 달려 있어서 그 틈으로 희미한 빛살이 새어들 뿐이다. 나는 방 안쪽 벽을 더듬어 스위치를 켰다. 두어 평 남짓한 방 안에 싱글 침대 하나만 덩그러니 놓여 있다. 수도원의 기도실처럼 단출한 방이다. 그녀는 스스로를 수련기의 수녀처럼 이 방에 유폐시켰던 것일까? 그녀는 대체 이 방 어디에서 음식을 만들었던 것일까?

방바닥에 작은 액자가 하나 놓여 있었다. 나는 액자를 집어 들고 불을 끄고 나왔다. 미용업 허가증이 들어 있다. 그녀의 사진이 왼쪽에 붙어 있고 오른쪽에 이름과 주민등록번호가 쓰여 있다. 한고은. 그녀의 이름이다. 맙소사, 그녀의 나이는 나보다 두 살이나 어렸다. 나는 그녀를 처음 보았을 때 어느 모로 보나 나보다 적어도 서너 살은 위일 거라고 짐작했었다. 누님이라는 호칭을 사용하지는 않았지만 내심 누님 대우를 하곤 했다.

세 번째로 찾아온 형사는 미안하다고 말했다. 대체 뭐가 미안하다는 건지, 나는 묻지 않았다. 형사는 그녀에게 남편과 딸아이가 있다고 말했다. 아이와 동반 자살을 기도한 적이 있었다고 했다. 그런 자신이 두려워져서 남편과 이혼하고 이렇게 살았다던가. 병이지, 뭐. 형사는 결론짓듯 말하고 돌아갔다.

나는 다시 예전의 삶으로 돌아갔다. 예전? 예전의 내 삶이란 어떤 것인가? 백수 카페에서 알게 된 사람들끼리 이따금 만나서 신세타령을 늘어놓으며 소주를 들이붓는다. 누군가 파이널 라운드까지 통과해서 입사하게 되었다는 소식을 듣는 날이면, 진심 어린 축하는 죽어도 나오지 않았다. 총알이 심장을 관통하는 듯한 통증이 새삼 가슴팍을 훑고 지나갔다. 누구는 돌덩이를 넣은 배낭을 메고 한강에 갔다 왔다고 했고, 누구는 대인기피증이 생겼다고 했으며, 누구는 우울증과 불면증, 소화불량에 시달린다고 했다. 백수 카페에서 본 글이 일간지 문화면에 실리고, 이것이 텔레비전 아홉 시 뉴스에서 버젓이 방송되기도 했다.

〈구직자를 위한 생활 가이드〉

토익, 토플 등 영어 관련 점수를 높이는 일을 게을리하지 않는다.

파트타임 아르바이트라도 하면서 사회생활의 끈을 놓지 않는다.

학교 선배나 교수, 지인, 친척 등과의 유대를 가지며 구직의 끈을 놓지 않는다.

군 입대나 어학연수 혹은 휴학 등의 방법으로 학생 신
분을 가능한 한 유지한다 등등.

나는 모든 항목에서 네거티브다. 어떤 잡지에서는 자발적 백
수 그룹이 등장했다고 떠들면서, 청년 실업을 일종의 문화 트렌
드로 과장하기도 했다. 나에겐 세차장이 피난처가 되었다. 잠시
비를 피하려 들른 곳에서 영원히 살게 된 운명인지도 모른다고
자포자기의 심정이 되었다.

어머니의 세차장 출입이 부쩍 잦아졌다. 시내버스로 집에서
세 정거장 거리를 어머니는 허위허위 걸어왔다 다시 걸어서 돌
아가곤 했다.

"아버지는 어떡하고요?"

"점심 드렸다. 볼일도 봤고. 앞으로 세 시간은 끄떡없다. 오늘
은 손님이 좀 드네."

어머니는 세차장 안을 여기저기 휘젓고 다니며 휴지를 주웠
다. 손님이 없는 날이면 세차장 한구석에 세워둔 아버지의 고물
차에다 괜스레 호스를 대고 물을 뿌리곤 한다. 세차장의 바싹 마
른 시멘트 위에도 마구잡이로 물을 뿌린다.

"이렇게 해야 장사가 좀 되는 거 같지 않겠어? 너도 틈틈이 이
렇게 해야 한다."

어머니는 나름대로 필사적이다. 말리지만 않는다면 세차장에

198

나와서 호떡이라도 구워 팔 태세다.

"여긴 우리 세 식구 밥줄이다."

어머니가 그럴 때마다 나는 먼지 흡입기로 빨려 들어가 깨끗이 사라지고 싶은 기분이 들었다. 주유소마다 자동 세차기를 설치하고 무료 세차 쿠폰을 나눠주는 서비스가 유행하면서 세차장 손님은 눈에 띄게 줄어들었다.

"자장면 좀 시켜라."

"면이라 소화가 잘 안 되실 텐데."

"나한테는 이것도 외식이다."

어머니 얼굴에 웃음기는 없다. 단무지를 왜 이리 조금 주느냐고 연방 불평하면서, 개가 핥은 것처럼 깨끗이 먹어치운다. 곱빼기를 시킬 걸 그랬나, 나는 뒤늦게 후회한다.

"아무리 살기가 힘들기로 목숨을 끊어서야, 원. 젊은 여자가 도통 얼굴에 웃음기가 없더라. 걱정 마라. 우린 그리는 안 된다. 뭐든 열심히만 하면야……."

어머니는 말끝을 흐린다. 뭐든 열심히만 하면 만사 오케이라는 식은 이미 오래전에 약발이 떨어진 소리다. 어머니도 그걸 알고 있다.

나는 그녀의 가위를 책상 서랍에서 꺼냈다. 언젠가 그녀는 비슷비슷해 보이는 가위들을 하나씩 들어 보여주며 이름을 알려준 적이 있다.

"이것은 커팅 가위, 이렇게 빗처럼 생긴 날을 가진 건 숱을 치는 틴닝 가위, 그리고 이건 스트로크 가위. 난 이것들만 있으면 세상 사는 데 두려울 게 하나도 없어."

그때 그녀는 여전사처럼 당당해 보였다. 나는 그녀의 가위로 무언가를 해보고 싶다. 하지만 딱히 할 것이 없다. 하다못해 오려볼 신문지조차 눈에 띄지 않는다. 영화 〈헤어드레서〉의 주인공처럼 가위를 허공에 휘두르며 과장된 동작을 취해보았다. 금세 민망해져서 허공에 휘두르던 두 팔을 맥없이 내려뜨렸다. 사각사각, 어디선가 그녀의 날렵한 가위질 소리가 들린다. 나는 소리의 진원지를 찾아 두리번거렸다. 내가 서 있는 컨테이너 박스가 조금씩 흔들리며 어딘가로 떠내려간다. 아니, 악취를 삼키며 가라앉고 있는 건지도 모른다.

… 전화벨이 울릴 때

대단하다 못해 끔찍해.

뭘 위해 우린 이렇게 사는 걸까.

이러다 결국 어떻게 될까.

미아는 세제를 푼 개수대에서 그릇을 건져 올렸다. 헛손질로 그릇은 몇 번이나 미끄러졌다. 순간, 전화벨이 울리기 시작했다. 세 군데서 동시에 울리는 벨소리는 스테레오 사운드 못지않다. 안방과 거실에 놓인 두 대의 전화에 주방용 라디오마저 가세한 탓이다. 사이버 아파트라던 분양 광고를 입증할 만한 유일한 시설은 주방용 라디오를 이용하여 전화를 받을 수도 있다는 것 정도다. 그녀는 거실 쪽으로 고개를 돌렸다. 아이들은 요란한 벨소리가 조금도 신경 쓰이지 않는 모양이다. 전화를 받을 기색이 전혀 보이지 않는다.

거실은 폭도가 휩쓸고 지나간 거리처럼 어질러져 있다. 동화책 한 권이 고무나무 화분의 흙 위에 거꾸로 꽂혀 있다. 어찌 보면 전위적 설치미술의 한 장면 같다. 과자 부스러기가 바닥 여기저기에서 버석거리며 밟힌다. 녀석들은 먹을 것을 가져오지 말라고 말하자마자 약속이나 한 듯 번갈아가며 군것질거리를 가져온다. 읽고 난 책은 제자리에 꽂으라고 하면 아무 데나 집어던져버린다. 읽기 위해서 책을 꺼내는 것이 아니라 투구 연습을 위해 책을 이용하는 것만 같다. 음식 역시 먹기 위해서가 아니라 효과적으로 집 안을 어지르기 위해서 필요한 것처럼 보인다. 아이들은 넘치는 에너지를 발산하기 위해 그녀의 집을 택한 건지도 모른다. 그들은 아마 각자의 집에 돌아가면 방목에서 돌아온 양처럼 순할 것이다. 그녀의 눈에는 모든 게 그렇게 보인다.

그래도 이런 것들은 참을 만하다. 녀석들이 큰아이를 상대로 장난을 시작하면 그녀는 살의마저 느낀다. 정작 큰아이에겐 그런 일이 놀림도, 귀찮은 일도 아닌 듯하다. 아이는 내내 히죽거리며 웃고만 있으니까. 언제나 신경이 곤두서는 건 그녀일 뿐이다. 며칠 전 일이다. 고장 난 정수기 때문에 AS 기사와 통화가 좀 길어졌다. 통화를 마치고 와보니 공부하러 온 아이들이 큰아이를 중심으로 빙 둘러서 있었다. 가만가만 다가가 보니 아이들이 들여다보고 있는 것은 큰아이의 생식기 부근에서 이제 막 살갗을 뚫고 솟아나오기 시작한 거웃이었다. 큰아이는 팬티를 내린 채 누구보다 심각하게 자신의 아랫도리를 내려다보고 있었다. 그녀는 호통을 쳐 아이들을 제자리에 앉혀놓고도 두근거리는 가슴을 한참 동안 진정할 수 없었다. 아이들의 호기심이나 장난 때문에 충격을 받은 건 아니었다. 새삼 뒤통수를 친 건, 큰아이가 사내로 자라나고 있다는 깨달음이었다. 정신은 초등학교 저학년에 머물러 있는데 몸은 충실히 성장하고 있다는 게 행인지 불행인지 가늠할 수 없었다. 그녀의 생각은 여기에서 더 이상 나아가지 못했다. 어떠한 전망도 떠오르지 않았다. 언제부턴가 그녀는 무슨 일에서나 긍정보다는 부정을, 낙관보다는 비관을, 웃음보다는 눈물을 보았다. 그녀는 자괴감으로 천천히 고개를 저었다.

 한 번 끊겼다 다시 시작된 전화벨 소리는 끈덕지게 이어진다. 공부하러 오는 아이들 엄마 중 하나일 거야. 큰아이 이야기를 꺼내며 우려를 표현하거나, 과외를 끊겠다고 말하겠지. 큰아이를 위험한 짐승 보듯 하는 사람들을 설득하는 일을 포기할 수는 없다. 그녀는 개수대에 한 손을 담근 채 전화기를 노려보았다. 일부러 전화를 받지 않는다는 걸 다 안다는 듯이 벨소리는 끈기 있게 이어졌다. 그녀는 입을 앙다문 채 수화기를 들어 귀에 댔다. 전화기 저편의 상대방은 알 수 없는 침묵에 주저하듯 말이 없었다. 잠시 후 남자의 조심스런 목소리가 전화선을 타고 들려왔다.

 "거기가 서미아 씨 댁 아닙니까?"

 "네, 전데요.

 그녀는 빠르게 대답했다.

 "미아 씨, 바쁘지 않으면 저와 잠시 통화해도 되겠습니까?"

 정중하면서도 다정하게 자신의 이름을 불러주는 남자의 나직한 음성에 그녀는 잠시 멈칫했다. 누군가 미아 씨라 불러준 것이

대체 얼마만인가? 그녀는 이 남자가 한낱 세일즈맨일지라도 몇 분간은 그와 이야기를 나누고 싶었다.

"네, 그런데 누구신지?"

"이거 서운한걸. 벌써 날 잊다니."

K였다. 몇 주 전 K가 이십여 년 만에 전화를 걸어왔을 때도 이런 식의 통화가 한동안 이어졌었다.

"아, 세일즈 콜인 줄 알았지."

"그렇다고 전화기 들고 신경전이야? 그건 영 페로답지 않은걸?"

"페로? 미아 페로? 지금 그 여자 할머니 됐을걸. 대체 언제 적 페로니?"

그녀는 맥 빠진 소리로 대꾸했다. 긴장이 한순간에 풀린 탓이다. 페로는 그녀의 대학 시절 별명이었다. 그녀는 성장기 내내 이름 때문에 아이들에게 놀림을 받았다. 길을 찾아주겠다거나, 미아 보호소에서 언제 나왔느냐는 식의 유치한 종류였다. 그녀의 이름을 듣고 여배우 미아 페로를 연상하고 페로란 별명으로 부르기 시작한 사람이 K였다.

"미아 페로가 연약한 듯 강해 보인다면, 넌 강한 듯 보이지만 사실은 약했지."

K는 제법 뼈 있는 소리를 덧붙였다.

"어머, 그런데 너 지금 어디니?"

그녀는 좀 호들갑스럽게 물었다. 잠시라도 기분 전환을 하고 싶다.

"어디긴, 우리 집이지."

"시드니?

"아니, 캔버라. 한국 사람들은 이상하게 호주, 하면 시드니밖에 몰라."

"아, 참. 캔버라랬지. 어쩜, 바로 옆에서 속삭이는 것처럼 들릴까?"

그녀는 잠시 개수대 속의 그릇도, 텔레비전과 컴퓨터에 빠진 두 아이도 잊는다.

"얘, 그 노랫소리, 그거 누구 음악이니?"

그녀는 수화기 저편에서 배경음처럼 들려오는 음악이 어쩐지 귀에 익다. 기타 반주 사이로 웅얼거리는 듯한 남자의 굵은 저음이 어디선가 들어본 듯하다.

잠깐만, 하더니 K는 볼륨을 높였다.

"자, 이제 잘 들리니? 잊었어? 레너드 코헨."

"레너드 코헨?"

그녀는 소녀처럼 고개를 갸웃거렸다.

"미아 너 어떻게 이 사람을 잊니? 기억 안 나? 언제더라? 아마 시험 때였을 거야. 공부한다고 도서관에 모여 있었으니까. 네가 허겁지겁 가방을 싸서 도서관을 뛰쳐나가던 모습이 내겐 아직도 이렇게 생생한데."

"내가, 왜?"

그녀는 여전히 아무것도 기억나지 않았다.

"네가 우연히 자료실의 영미 문인 사전에서 코헨을 찾아냈잖
아. 정말 기억 안 나? 그 부분을 찢어내서는 저 혼자 도둑질하다
들킨 사람처럼 혼비백산 도망쳤던 거?"

"내가? 내가 그런 몰상식한 짓을 했다고?"

"그래. 그때 네가 코헨에 얼마나 열광했었는데. 〈첼시 호텔〉,
〈수잔〉, 〈후 바이 파이어〉. 그의 노래라면 무조건 좋아했었지.
네가 찢어낸 책장에는 코헨의 사진과 코헨이 시인이자 가수 게
다가 동성애자이며 마약중독자란 기록 따위가 실려 있었어. 넌
그 이력마저 멋있다며 열광했었어."

그녀는 비로소 목을 간질이던 재채기가 터진 기분이었다. 뭔가
를 중얼중얼 읊조리는 듯한 노래들이 기억났다. 하지만 도서관에
서 책장을 찢어낸 일은 여전히 기억나지 않았다. 어쨌든 그녀는
K의 회고에 동조했다. 지어냈다고 하기엔 꽤나 시시콜콜한 세부
묘사였다. 사실 K가 그런 걸 지어내야 할 이유도 없을 테지만.

"네가 내 추억 하나를 찾아주었네. 어떻게 그렇게 까마득히 잊
을 수 있을까?"

그녀는 노인처럼 중얼거렸다.

"세월이 무섭지."

K 역시 혼잣말하듯 덧붙였다.

"사는 게 그렇게 빡빡했나? 뭔가에 열광해본 기억이 까마득해."

그녀는 한탄하듯 말했다.

"난 예나 지금이나 음악과 알코올이 유일한 낙이다. 물론 엘피판이 시디로, 소주가 브랜디로 바뀌긴 했지만 말이야."

"넌 컴퓨터는 안 하니? 인터넷 전화를 이용하면 요금이 훨씬 싸다던데."

그녀는 문득 길어지는 통화에 생각이 미쳤다. 국제전화를 하면서 이토록 사소한 이야기들로 시간을 보내서는 안 될 것만 같았다.

"집엔 컴퓨터 없어. 직장에서 온종일 끼고 사는데 집에서까지 들여다보고 싶진 않더라."

"가족들과 통화하려면 요금이 만만찮을 텐데?"

"가족? 부모님은 두 분 다 돌아가셨고. 아내는, 아프리카로 가버렸고."

K의 목소리는 금세 쓸쓸하게 가라앉았다.

"아프리카? 거긴 왜?"

그녀는 자신의 얄팍한 호기심이 공연히 K의 아픈 곳을 건드리게 될까 봐 주춤했다. 사실 K의 삶에 새삼스런 호기심도 궁금증도 없었다. 사람 사는 모양새야 대충 비슷할 거라는 생각이었다.

굳이 내밀한 이야기를 들추고 싶지는 않았다. 상대방의 사연을 듣는 만큼 자신의 이력도 보여줘야 하는 게 관계의 룰이다. 누군가와 가까워지면 그만큼 감당해야 할 부분이 생긴다는 것 역시 또 다른 룰이라고 생각했다. 그녀는 스스로의 삶으로도 충분히 피곤하므로 더 이상 보태고 싶지 않았다. K에 관해서라면 J에게 전해 들은 정보면 족했다. K는 독일 여자와 결혼했다. 아이가 네 살 되던 무렵 사고로 아이를 잃었다고 했다. 그 후 아내와 별거 중이라던가.

그녀가 K와 함께 대학에 다닌 기간은 입학한 첫해뿐이었다. 그 일 년 동안 K와 단둘이 시간을 보낸 기억은 적어도 그녀의 머릿속에는 없었다. 언제나 한 무리의 동기들과 함께였다. 미아는 그 한 무리의 클래스메이트들 중에서 K가 누구였는지 지금도 정확하게 기억하지 못한다. 처음 K로부터 전화를 받았을 때 자신의 이름을 친숙하게 부르는 남자의 음성에서 낯선 느낌만을 받았을 뿐이다. K가 입대한 동안 또래 여학생들은 졸업했다. K는 제대 후 복학하는 대신 호주 유학길에 올랐다. 처음엔 이삼 년 예정으로 떠났다는데 결국 그곳에 뿌리를 내렸다. 그녀는 자신이 K를 기억하지 못한다는 것을 굳이 고백하지 않았다.

K와 오랜만에 통화한 친구들은 그의 세세한 기억력에 감탄해 마지 않았다. 하지만 그뿐이었다. 제각기 살기에 바빴고 이십여 년 전 일들을 추억하는 건 한 번이면 족했다. K로부터 두 번째

전화를 받은 친구들은 어느새 그를 할 일 없는 녀석으로 치부하는 분위기였다. 누군가는 그의 전화를 일부러 받지 않는다고 공공연히 말하기도 했다. 바쁜 시간에 그의 시시콜콜한 추억담을 듣고 있는 게 어쩐지 한심해서라고 했다. 동기들은 어느새 그를 텔레폰맨이라고 불렀다. 그 별명에는 어딘가 비아냥거리는 느낌이 담겨 있었다. 그는 카카오톡도 페이스북도 하지 않았다. 오직 전화로만 이야기했다. 요즘 많이 나오잖아, 하면 친구 만나 밥 한 끼 먹는다고 생각하면 많은 것도 아니지 했다. 이천 년대 대한민국에서 한가하다는 것은 무능과 동의어였다. 어쩌면 동기들은 단지 자신이 한가하게 보이고 싶지 않은 건지도 모른다. 어쨌든 그녀는 그 시절 이야기라면 얼마든지 환영이었다. 지난 일이니 그립게 추억될 뿐, 그 역시 쉬운 시간은 아니었다. 하지만 그 시간은 지나간 시간이었다. 이미 지나갔으니 자유롭다고 생각했다.

그녀는 긴 통화를 끝내고 어질러진 집 안을 정리하기 시작했다. 도서관 사건을 떠올리자 빙긋, 입가에 미소가 떠올랐다. 텔레비전 앞에 태아처럼 몸을 구부리고 잠든 작은아이를 안아다 침대에 눕혔다. 작은아이는 잠결에도 피딱지가 말라붙은 어깨를 긁적였다. 새 살이 나오려고 가려운 거야. 그녀는 잠든 아이에게 속삭였다. 그러고서 컴퓨터 앞에서 졸음에 겨운 눈을 하고 앉아 있는 큰아이의 손목을 잡아끌어 욕실로 밀어 넣었다. 큰아이는 잠시 뻗대다가 금세 포기했다.

그녀는 맥주와 치즈, 땅콩 따위의 안주를 탁자 위에 늘어놓았다. 늦은 밤이 되면 습관처럼 참기 어려운 공복감이 밀려들었다. 딱히 배가 고파서는 아니다. 남편의 귀가 시간이 늦어지면서 새로이 생긴 버릇이다. 이리저리 채널을 돌리다 케이블 텔레비전의 한 영화 채널에 고정시켰다. 영화 제목이 화면 왼쪽 상단에 걸려 있었다. 〈카모메 식당〉. 벌써 두 번이나 본 영화다. 핀란드 헬싱키에서 식당을 차린 일본 아줌마가 주인공이다. 식당에 손님이 한 명 없어도 일본 여자는 주눅 들거나 근심하지 않으며 절대 불면증 따위에 시달리지 않는다. 매일 아침 커피를 새로 내리고 일본식 주먹밥을 만들고 생선이나 스테이크를 굽는다. 저녁에는 익숙한 체조를 하고 일찍 잠자리에 든다. 아이도 남편도 없는 이 여자가 왜 핀란드에 와서 식당을 하는지 영화는 말해주지 않는다. 식당에는 하나둘, 손님이 늘고 일본인 친구와 핀란드인 친구도 생긴다. 이거야말로 행복한 판타지이다. 그녀는 현실에선 결코 가질 수 없는 행복을 백 분 동안 누리기 위해 광고 방송이 나오는 화면을 망연히 바라보았다. 그때 전화벨이 울렸다. 수화기를 드는 순간 K일 거라고 생각했다. 어쩐지 자신이 K의 전화를 기다리고 있었다는 생각이 들었다.

"뭐하니?"

역시 K였다.

"술 마신다."

그녀 역시 인사치레를 생략했다.

"혼자?"

"그래. 혼자지, 그럼."

"그거 잘됐다. 우리 건배나 하자."

"너도 술 마시니?"

"그래. 잠깐만 기다려."

수화기 저편에서 음악 소리가 커졌다. 밴드의 현란한 연주에 수많은 사람들의 두터운 함성이 섞였다.

"그거, 잭슨 브라운이구나."

그녀는 퀴즈쇼에 나간 학생처럼 자신 있게 소리쳤다.

"맞아. 〈로드 아웃 스테이〉. 너 이 노래도 좋아했었지? 이 노래를 들으면 당장 여행 가방을 챙겨들고 어딘가 길을 떠나고 싶은 욕구가 생긴다고 했었어."

그녀의 목소리는 소녀처럼 높아졌다.

"어쩜, 넌 여전히 이십대처럼 사니? 그래. 그때는 수업이 비는 시간이면 학교 앞 음악 카페에서 신청곡을 써내고 디제이가 틀어주는 음악들을 듣곤 했었지. 휴우, 내가 너무 멀리 와버렸다면 넌 너무 제자리에만 있는 거 아니니?"

그녀는 소리 내어 한숨을 쉬었다.

"아니. 완전히 한 바퀴 돌면 제자리로 돌아오지. 하지만 전혀 움직이지 않았던 것과는 다를걸. 자, 우리 건배하자. 넌 뭘 마시니? 한국에서라면 소주를 마셨을 텐데. 아무리 봐도 여기 소주처럼 심플한 술은 없다."

"난 맥주. 독주는 자신 없다. 나 오래 살아야 되거든. 자, 건배."

그녀는 왼손에 수화기를 들고 오른손으로 잔을 들어 허공에 잠시 멈추었다 내려놓았다.

"우연히 한국 다큐멘터리 비디오를 봤어. 키친 드링커 이야기였어."

"키친 드링커?"

"음, 주부 알코올중독자 말이야. 주방 이 구석 저 구석에 술병을 감춰놓고 가족들 눈길을 피해 마시는 주부들 말이야. 안주는커녕 자리에 앉지도 못하고 선 채로 마시는 술이 하루에 두세 병을 넘겨. 술에서 깨면 참담한 자괴감에 시달리고, 그 감정을 잊기 위해 다시 마시고. 악순환이지. 의지만으로는 셀프컨트롤이 안 되는 거지. 정말 가엾더라."

"왜 아니겠어? 밤마다 남편이 집에 없으니까 나도 대번에 술꾼이 될 것 같은데. 하, 우리 이런 우울한 이야기 그만하고 너 사는 이야기나 좀 해봐라. 거긴 살 만하니?"

"그냥 그렇지, 뭐. 닷새 일하고 이틀 쉬고. 한국처럼 밤늦게까지 열어놓는 술집이 없으니까 집에 돌아오면 이렇게 음악 틀어놓고 혼자 마시지. 어떤 면에선 나도 알코홀릭이지."

"거긴 지금 몇 시니?"

그녀는 거실의 벽시계를 바라보며 물었다. 자정이 가까워오는 시각이다.

"한국보다 한 시간 빨라. 전에도 말했지만, 언제든 남편이 돌아오면 바로 전화를 끊어도 좋아. 오해받거나 방해가 되고 싶지는 않거든."

"아직 멀었어. 자정 이후 일할 파트타이머를 구하지 못했어. 당분간 남편이 때우는 거지. 그리고 집에 와서 한두 시간 눈 붙이고 출근하는 거야. 정말 대단하지? 대단하다 못해 끔찍해. 뭘 위해 우린 이렇게 사는 걸까? 이러다 결국 어떻게 될까?"

그녀는 문득 말을 멈추었다. 얼굴조차 기억나지 않는 동창생을 붙들고 신세한탄을 하고 싶지는 않다. 다행히 K는 섣부른 위로의 말 따위는 늘어놓지 않았다.

"난 장래 생각은 별로 안 하고 산다. 저축도 거의 안 해. 그냥 주급 나오면 그 범위 내에서 빚지지 않을 만큼만 쓰지. 노후엔 연금이 있으니까. 하긴, 여기도 이혼한 남자들은 경제 사정이 말이 아니야. 보육료에 세금까지 공제하고 난 후 나머지가 급료로 나오거든. 애가 둘 정도 되면 월수입의 삼십 프로쯤 남는다나 봐. 오죽하면 아이들이 성년이 되는 날만 손꼽아 기다린다잖아."

"부럽다. 선진국 시민이라니. 넌 모를 거야. 이 나라를 지배하고 있는 건 불안이야. 불안이 현재는 물론 미래까지 집어삼키고 있지. 그나저나 한국엔 언제 나올 거니? 너 나오면 핑곗김에 동창회 한번 하지 뭐."

그녀는 취기 때문에 K가 보고 싶다. K와 함께하던 시절의 사람들을 만나고 싶기도 하다. 물론 술이 깨면 그 생각은 자취도 없이 사라질 것이다. 그녀의 호기 어린 제안에 K는 주춤거렸다.

"넌 머리숱 괜찮니? 난 지하철 타면 앉아 있는 사람들 정수리만 본다. 이상하게 삼십 중반부터 머리숱이 눈에 띄게 성겨지더라. 게다가 반백이다."

K는 마치 당장 그녀를 만나게 된 것처럼 심각하다. 그녀는 머리숱이 성글고 반백인 K란 남자는 대체 어떤 모습일지 궁금하다. 만일 K를 만난다면 이십대의 K를 먼저 기억해내고 그다음에 세월만큼 늙어버린 그를 상상해야 하는 걸까.

"역시 우린 만나지 않는 편이 더 나을 거야. 사실 난 네가 거기에 있는 게 좋아. 다른 대륙에 산다는 생각만 해도 가슴이 트이는 기분이야. 사실 네가 국내 어딘가에 있다면 별로 통화하고 싶지 않을 것 같아."

"뭐? 오란 거야, 오지 말란 거야?"

"하, 참. 충격을 줄이려면 너무 망가지기 전에 한 번씩 봐야 하는 건데. 인터벌이 너무 뜨면 감당이 안 되거든. 길에서 마주치고도 서로 못 알아보고 지나치면 어떡하니?"

전화벨이 울릴 때

K는 널뛰듯 왔다 갔다 하는 그녀의 말에 일일이 대꾸하다 문득 화제를 돌렸다.

"너 바흐만 기억나니?"

"바흐만?"

"그래. 잉게보르크 바흐만. 갑자기 그녀가 쓴 『삼십 세』란 소설이 생각나. 네가 빌려준 책엔 매 페이지마다 거의 빠짐없이 밑줄이 그어져 있었어. 너는 마치 모든 페이지에서 남김없이 영양분을 빨아들이겠다는 듯 밑줄을 긋곤 했지. 서른 살이란 어떤 느낌일까? 눈을 반짝이며 말하던 네 모습이 지금도 생생해. 마치 네겐 영원히 서른 살이 오지 않을 거라고 믿고 있는 것 같았지."

미아는 입맛을 다시듯 다시 한 번 바하만, 했다.

"내가 그랬니? 그래, 아마 그랬을 거야. 그땐 서른 살도 너무 많아 보였어. 예수는 서른셋에 인류 구원의 대업을 이루고 갔다고, 서른셋 전에 뭔가를 이루어야 한다고 떠들곤 했지. 객기가 하늘을 찌를 때였잖아. 그러고 보면 난 참 바보야. 지금도 여전히 아주 늙어버린 노인들을 보면 내게도 저 생이 올까 의심이 들거든. 서른을 훌쩍 넘겨 벌써 마흔인데 말이지. 잔인해. 인생 초반엔 생이 녹이 스는 것처럼 느리기만 하지. 방심하고 있는 동안 뭔가 변해 있어. 어느 날 문득 절반 넘게 써버려 얇아진 지갑을 발견하는 식이지. 그때부턴 초고속 엘리베이터를 탄 거야. 신이 인간을 길들이는 방법은 채찍이 아니라 시간이라는 말, 이

해가 돼. 머리로는 이해하면서도 여전히 어리석게 살 테지만."

미아의 목소리는 안개 낀 저녁처럼 고즈넉해진다.

"그래. 노인들 보면 알맹이가 몽땅 빠진 빈 부대 자루 같지. 마치 그렇게 비우기 위해 살아온 것처럼. 난 가끔 내 어린 시절이 선명하게 떠올라. 난 우리 엄마 나이 쉰에 태어났어. 말라붙었던 자궁에 기적처럼 내가 들어선 거지. 십대에 부모님을 차례로 잃었지만 난 그분들에게 평생 받을 사랑을 한목에 받았어. 난 가끔 그 시절의 나를 기억해. 마치 타인의 일인 것처럼. 그때의 나는 어쩐지 지금의 나와는 아무 상관이 없는 다른 사람처럼 느껴져. 지금 이 시간들도 훗날 다른 시간 속에서는 타인의 시간처럼 기억되겠지."

K의 목소리는 한층 가라앉았다.

휴우. 미아는 베란다 유리창에 어깨를 기대고 창밖에 눈길을 준 채 긴 한숨을 몰아쉬었다. 그녀가 바라보고 있는 창밖이래야 천편일률의 콘크리트 숲일 뿐이다. 휴우. 그녀는 다시 한 번 소리 내어 숨을 뱉어냈다. 소파에 기댄 채 텔레비전을 보고 있던 작은아이가 그녀를 힐끗 쳐다보았다. 윗도리를 입지 않은 작은아이의 등에 피딱지가 드문드문하다. 큰아이는 거실 한쪽에 놓인 컴퓨터 앞에 앉은 지 벌써 두 시간이 넘어간다. 모니터에 붙박인 큰아이의 얼굴은 무표정하다. 온종일 무구한 표정으로 수

많은 사이트를 들락거린다. 어떤 곳에서는 오래 머물고 다른 곳에서는 들어가자마자 다시 나온다. 어떤 기준이 큰아이를 붙잡거나 떠나게 만드는지 아무리 곁에서 지켜봐도 그녀로선 일정한 공식을 찾아낼 수 없다. 물론 십수 년을 키우고도 아이의 내면을 짐작조차 할 수 없는 것에 비하면 견딜 만한 일이다. 그녀는 오늘 하루만 세 통째 전화를 받았다.

"우리 큰애를 데리고 장난을 친 건 녀석들이라고요."

그녀는 세 번째 전화를 받는 순간 그간 참아온 보람도 없이 언성을 높이고 말았다. 여자들은 미리 짠 것처럼 시간 차를 두고 차례로 전화를 걸어왔다. 에둘러 말하긴 해도 결론은 같았다. 큰아이가 다른 아이들에게 나쁜 영향을 줄지도 모른다는 것이다. 큰아이의 담당 교사는, 아이를 비장애 아동들과 함께 어울릴 수 있는 환경에 자주 노출시키라고 누누이 충고했다. 그녀는 끊어진 수화기를 들고 눈물을 훔쳤다. 순간 전화벨이 울렸다. 그녀는 심호흡을 하고 네 번째 전화를 받았다.

"남편은?"

K였다. 그녀는 찌푸린 얼굴을 펼치기라도 하듯 한 손으로 문지르며 입을 열었다. 쉰 목소리가 났다.

"넌 나보다 내 남편이 더 궁금하니? 아직이야. 너 또 술이야?"

K는 언제나 술을 마시며 전화를 걸어왔다.

"곧 금주해야 하기 때문에 오늘 마지막으로 마시는 거다."

"왜? 어디 아프니?"

"아니. 그건 아니야. 아내가 돌아온대. 잘해보려고. 아내가 온다고 생각하면 가슴이 두근거려. 이게 두려움 때문인지 좋아서인지 잘 구분이 안 돼. 아, 뭐부터 해야 하지?"

K는 평상시와 달리 꽤 들떠 보였다.

"잘됐네. 아주 돌아오는 거니?"

"글쎄, 그건 아직 몰라."

"어쨌든 잘됐다."

"그녀는 가업을 물려받아야 하거든. 독일로 돌아간다고 할지도 몰라."

"독일? 그럼 넌 어쩌려고?"

"글쎄. 그녀가 함께 가자고 하면 따라가야겠지. 혼자는 싫으니까."

"난 네가 부럽기만 하다. 이곳저곳 옮겨 다니며 살 수 있어서."

그녀는 말끝에 한숨을 내쉬었다. 그녀의 한숨 소리를 듣기라도 한 듯 K는 사뭇 활기찬 목소리로 말했다.

"걱정 마라. 살다 보면 기회가 올 거다. 그 기회를 잡으면 된다. 이런저런 욕심과 염려 때문에 다가온 기회들을 놓치곤 하지만 말이야. 자, 자, 오늘은 라이브 뮤직이다. 널 위해 일주일 동안 연습했다. 자, 들어봐. 곡목은 밥 말리의 〈No woman, no cry〉."

"⟨No woman no cry⟩? 이중부정이네. 울지 않는 여자는 없다는 뜻인가? 아님, 안 돼, 여인이여 울지 말아요. 뭐 그런 뜻이니?"

그녀는 사뭇 학구적인 태도로 묻는다.

"흐흐. 울지 않으면 여자도 아니다. 혹은 여자가 없으니 울지도 못하겠네. 누군 그러던데. 물론, 맘에 드는 쪽을 선택하면 되겠지."

K는 헛기침으로 목소리를 틔우더니 노래를 시작했다. 단어 하나하나를 또박또박 발음하며 기타 연주보다 조금 느릿하게 노래했다. 'Everything's gonna be alright.' 반복되는 후렴구가 그녀의 마음에 들어와 박히는 듯했다. 그래, 모두 다 잘될 거야. 그녀는 중얼거렸다. 밥 말리의 노래가 끈끈한 낙관을 느끼게 한다면 K의 노래는 처연하고 쓸쓸했다. 그녀는 어쩐지 버림받은 기분이 들었다.

K와 통화를 끝내고 그녀는 즉흥적으로 집을 나섰다. 집을 나서기 전 잠든 아이들을 몇 번이나 들여다보았다. 혹시나 싶어 전화기의 볼륨을 최소화했다. 아이들은 미동도 없었다. 숨소리가 고르고 편안했다. 작은아이가 가려움이나 소변 때문에 잠을 깨지만 않는다면, 남편이 편의점에서 돌아오기 전에 집에 돌아와 있으면, 이 밤은 아무 일도 없이 지나갈 터였다. 주변에 녹지가 많은 교외로 이사한 후 작은아이의 아토피는 많이 진정되었다.

잘 생각해보면 좋은 일도 있었다.

처음에는 남편이 일하고 있는 편의점에 나가볼 생각이었다. 일종의 위문 공연이랄까. 편의점은 집에서 자동차로 오 분, 단지 내 사거리 모퉁이에 있다. 그녀는 대로변에 차를 세우고 차창을 통해 남편을 바라보았다. 어둑한 거리 한복판에서 편의점은 스포트라이트를 받고 있는 연극 무대처럼 터무니없이 밝았다. 남편은 삼면이 유리로 된 구조물 속에 등을 보이고 앉아 있었다. 계산대 위에 한 팔로 머리를 고인 자세는 몹시 고단해 보였다. 나이보다 일찍 세어버린 머리카락들이 형광등 불빛을 받아 얼핏 호호백발로 보였다. 그녀는 문득 에드워드 하퍼의 그림을 떠올렸다. 폭격의 공포로 소등한 거리 한쪽, 카페에서 밤을 지새우는 사람들을 묘사한 그림이었다. 그림 속 찻잔에 든 차는 어쩐지 오래전에 싸늘하게 식어버렸을 것만 같아 보이고 바에 나란히 걸터앉은 남녀는 그 차보다 더 싸늘하게 보였다. 우리가 그토록 피하려고 안간힘 쓰는 폭격은 대체 어떤 것일까? 그녀는 편의점 쪽을 바라보며 생각했다.

"보험을 드는 거나 마찬가지야."

남편은 편의점을 시작하면서 그렇게 말했다. 퇴직금을 중간 정산하고 융자를 받는 등 꽤나 무리를 했다. 직속 선배들이 속속 명퇴를 강요당하는 분위기 속에서 담담하기는 쉽지 않았다. 처음엔 '투 잡'을 하게 되었다고 큰소리를 쳤다. 편의점은 투자 비용에 비하면 실속이 없었다. 무엇보다 낮은 급료로 듬직한 직원을 구하는 일은 쉽지 않았다. 파트타이머들은 끊임없이 그만두었다. 어느 날 문득 전화 한 통 없이 나오지 않는 일이 비일비재했다. 그때마다 남편은 발을 동동 굴러야 했다. 남편은 이젠 직원을 구하지 못하는 것이 아니라 가능한 한 자신이 때우려고 마음먹은 듯했다.

밤의 고속도로는 전조등 불빛이 미치는 거리만큼만 몸을 드러냈다. 그녀는 매순간 길이 어둠 속으로 사라지듯 자신과 자신의 자동차가 사라지는 순간을 상상하며 액셀러레이터에 올려둔 오른발에 힘을 주었다. 자정이 지난 도로는 한산했다. 전조등을 밝히며 뒤쫓아 온 차들은 순식간에 그녀의 자동차를 지나쳐 어둠 속으로 사라졌다. 그녀는 차츰, 굽은 길에서도 속도를 줄이지 않았다. 양보하기 위해 차선을 바꾸지도 않았다.

굉음이 차츰 가까워지기 시작했다. 그녀는 백미러를 통해 뒤차의 전조등 불빛을 확인했다. 소음기를 제거한 차량 한 대가 질풍노도처럼 달려오고 있는 중이었다. 녀석은 위협적으로 경적을 짧게 몇 차례 울렸다. 따라잡는 속도가 가히 쓰나미급이었다. 그녀는 계기판에 눈길을 주었다. 바늘은 130과 140사이에서 흔들렸다. 양보할 수 없다. 아니, 그러고 싶지 않다. 조금이라도 약한 모습을 보이면 녀석들은 그 틈을 놓치지 않는다. 그녀는 액셀러레이터에 올려둔 발에 서서히 힘을 가했다. 140까지 올라간 바늘은 이제는 힘에 부치는 모양이다. 자동차는 스스로도 믿을 수 없다는 듯 심하게 요동쳤다. 차는 서해대교에 들어서는 중이었다. 바닷바람이 만만치 않았다. 자동차는 토네이도를 만난 것처럼 순식간에 바람 속으로 휩쓸려 올라갈 것만 같았다. 녀석은 이미 등 뒤에 와서 상향 전조등을 깜박이며 위협했다. 유치한 자식. 그녀는 욕설을 내뱉으며 비켜섰다. 휴게소로 들어가기 위해서지 네 녀석이 두려워선 아니야. 납작한 스포츠카는 배기가스를 흩뿌리며 앞질러 갔다.

작은 섬과 서해대교를 연결하여 만들었다는 휴게소는 바다를 끼고 여러 번 급커브를 했다. 모험은 끝났다. 그녀는 한산한 주차장에 차를 세우고 의자에 깊숙이 등을 기댔다. 손바닥이고 등줄기고 땀으로 끈적끈적했다. 휴게소에는 여전히 서성이는 사람들이 보였다. 여기도 밤을 지새우는 사람들이다. 사람들은 밤과 함께 휴식도 빼앗겼다. 아니지. 사람들은 이런 식으로 휴식하는 것에 이미 익숙해졌는지도 모른다. 전쟁 사이의 짧은 휴식.

누군가 그녀의 차창을 두들겼다. 그녀는 긴장으로 눈을 크게 치떴다. 차창 밖에 남자가 서 있었다. 그녀는 문이 잠겨 있는지 확인하고 창문을 절반쯤 내렸다.

"커피 한잔하시죠."

사내는 종이컵을 창 앞에 바싹 들이댔다. 그녀는 사내를 뚫어지게 보았다. 낯선 사람이다.

"아까 우리 레이스 하지 않았습니까?"

사내가 손짓으로 그녀 앞에 서 있는 차를 가리켰다. 포복하듯 납작하게 엎드린 스포츠카다. 그녀는 천천히 차에서 내렸다. 녀석의 얼굴이 궁금하다.

"아, 이런."

사내는 짧은 탄성을 내뱉었다.

"아줌마라서 놀라셨군요. 저도 젊은 청년일 거라고 생각했는데."

"어떻게 이런?"

사내는 기가 차다는 표정을 여전히 거두지 않았다. 사내는 평범한 중년처럼 보였다. 구부정한 등이 오래도록 책상 앞에 엎드려 일한 사람이란 느낌을 주었다. 그들은 어둠 속에 선 채로 커피를 마시고 작별인사를 나누었다. 사내는 차에 오르기 전에 명함을 한 장 건네며 말했다.

"다음부턴 그렇게 위험하게 다니지 마세요. 이 도로, 새벽이면 속도광들이 레이스를 펼치곤 하는 곳이죠. 정 답답하면 차라리 절 찾아오시죠."

사내가 건네준 명함에는 L신경정신과 원장 아무개라고 쓰여 있었다.

남편의 투 잡은 그런대로 자리를 잡아갔다. 남편은 토막잠을

자는 일에 적응해가는 중이다. 그런 생활이 계속되면 건강에 어떤 타격을 줄지 지금은 알 수 없다. 누구나 다 그렇게 사는걸. 남편은 자위하듯 말했다. 남편은 말수가 줄었다. 집에 있는 시간이면 언제나 소파에서 리모컨을 쥔 채 잠들어 있다. 작은아이는 아빠에게 놀아달라고 떼를 쓰다가 어느 날은 잠든 아빠의 얼굴을 주먹으로 내리치며 말했다.

"이 자식."

남편은 편의점에서 손님을 기다리는 동안 남아도는 시간을 이용해 공인중개사 따위의 자격증을 따두는 것이 좋겠다고 말했다. 좋은 생각이네. 그녀는 선뜻 대꾸했지만 그게 그리 쉽지는 않을 거라고 생각했다. 남편이 바빠지자 그녀의 가사 노동 시간도 자연히 늘었고 그녀 역시 말수가 줄었다. 불안감이 목전까지 차올라 더 이상 참을 수 없을 때 그녀는 차를 몰고 나가 한밤의 폭주를 감행했다. 아무도 모르는 일이었다.

오랫동안 K로부터 전화가 오지 않았다. 그녀는 남편이 집에 있을 때 K의 전화가 걸려올까 봐 내심 신경을 썼지만 그런 일은 생기지 않았다. 나중엔 그 전화 없음이 신경 쓰이기 시작했다. 그녀는 K에게만은 심야의 고속도로에 대해 이야기를 해주고 싶었다. K라면 염려를 하기보단 역시 미아 페로다운걸, 하며 감탄할 것만 같았다. 하지만 그녀는 얼마 못 가 그 생각마저도 잊었다. 공부하러 오는 아이들과 자신의 두 아들과 씨름하는 동안 일주일은 순식간에 지나가고, 다시 비슷한 일주일이 시작되었다. 어쩌면 K도 아내가 돌아오면서 상황들이 바뀌었을 것이다. K는 매번 술을 마시면서 전화를 걸어왔다. 그는 약속대로 아내를 위해 술을 끊었을 것이다. 맨 정신으론 절대 전화하지 않는 사람들이 있으니까. 그녀는 그런 식으로 상황을 해석했다.

새삼 돌아보니 그동안 그녀 쪽에서 K에게 전화한 일은 한 번도 없었다. 그녀는 수첩을 꺼내 오래전에 적어둔 K의 전화번호를 찾아냈다. 61로 시작되는 메모를 한참동안 들여다보다 버튼을 눌렀다. K의 아내가 전화를 받는다면 무어라고 하지? 그냥 K의 이름 끝에 플리이즈만 붙이면 되겠지, 하고 생각했다. 발신음이 열 번을 넘기도록 아무도 전화를 받지 않았다. 혹시 번호를 잘못 적어둔 건지도 모른다. 한 번도 걸어보지 않았으니 확인해볼 방법이 없었다. J에게 물어본다면 금방 알 수 있을 테지만 어쩐지 그 정도의 열의는 생기지 않았다.

J로부터 오랜만에 전화가 걸려왔다. J는 늘 그렇듯 뉴스를 쏟아냈다. 동기생 아무개가 이혼했고, 또 누구는 명퇴당했다는 우울한 소식들뿐이었다. 말끝에 그가 K가 사라졌대, 했다.

"사라지다니?"

그녀는 반사적으로 대꾸했다.

"말 그대로야. 걔 소식을 아무도 몰라. 그러니 사라진 거지. 그렇게 뻔질나게 전화하던 애가 아무하고도 연락하지 않는 걸 보면 좀 이상하잖아."

그녀는 J와 통화를 끝내고 하던 일을 계속했다. 과외 수업이 없는 날에는 미루어둔 일들이 기다리고 있기 마련이다. 마늘을 까고 다져서 냉장실에 보관했다. 해가 있을 때 속옷을 삶아 빨아 햇볕에 널었다. 다음 날이면 또 엉망이 될 테지만, 아이들 공부방이며 거실을 꼼꼼히 청소했다. 된장찌개를 끓이고 자반고등어를 굽고 브로콜리를 데치는 등 저녁 식사를 준비했다. 아이의 학교 숙제며 준비물도 챙겼다. 아이들에게 영양제를 챙겨 먹이는 일도 거르지 않았다. 아이들 잠자리까지 챙기고 나서 그녀는 거실 한복판에 우두커니 섰다. 오늘 해야 할 일은 더 이상 없었지만 머릿속은 여전히 뒤죽박죽이었다.

그녀는 생각난 듯 책장을 뒤지기 시작했다. 제목을 눈으로 짚어 내려오다 시집들을 모아둔 칸에서 『삼십 세』를 찾아냈다. 시집과 비슷한 크기와 두께였다. 첫 장 여백에 '노벨 서점에서' 라고 쓰여 있었고 그 밑에 이십 년 저편의 연도가 적혀 있었다. 그녀는 그 까마득한 연도에 새삼스레 놀라움을 느꼈다. 문득 덧문 틈으로 새어든 햇살에 자잘한 책 먼지가 떠다니던 오래된 헌책방이 떠올랐다.

손바닥이 새카매지도록 서가 사이의 좁다란 미로를 헤매 다니다가 이따금 K와 마주치면 서로 약속이나 한 듯 웃음을 터뜨리곤 한다. 서가 사이는 하도 좁아서 두 사람이 동시에 통과할 수 없다. 그래서 누군가는 오던 길로 되돌아가야 한다. 그들은 마주칠 때마다 가위 바위 보로 되돌아갈 사람을 정하곤 한다.

떠오른 장면 속에서 K의 얼굴을 기억해보려 하지만 여전히 그의 얼굴은 빈칸으로 남아 있다. 그녀는 기억을 헤집듯 눈살을 좁히며 책장을 들추었다. 맙소사. 세로 쓰기다. 여러 번의 이사에도 이 책이 살아남아 있다는 게 놀랍다. 첫 문장부터 파랑색 볼펜으로 밑줄이 그어져 있다. 그녀는 눈에 들어오는 대로 밑줄이 그어진 부분을 읽어 내려갔다.

30세에 접어들었다고 해서 어느 누구도 그를 보고 젊지 않다고 말하지는 않으리라. 하지만 그 자신은 일신상에 아무런 변화를 찾아낼 수 없다 하더라도, 무엇인가 불안정하다고 느낀다. 스스로를 젊다고 내세우는 게 어색해진다.

그녀는 고개를 갸우뚱했다. 지금이라면 굳이 밑줄을 그을 리 없는 문장이다. 그러나 이십대의 그녀는 이 첫 문장을 읽고 이 책을 선택했을 것이다. 그녀는 중간 부분을 건너뛰어 책의 맨 뒷장으로 갔다. 마지막의 몇 문장에도 비뚤비뚤 밑줄이 그어져 있었다.

그는 곧 30세가 된다. 서른 번째의 생일이 올 것이다. 하지만 종을 울려 그날을 고지하는 자는 아무도 없으리라. 아니 그날은 새삼스레 오지 않을 것이다 — 그것은 벌써 있다. 그가 안간힘 쓰며 간신히 버텨온 이 1년간의 하루하루 속에 스며들어 있다.

그녀는 꽤 오래 움직이지 않고 한자리에 붙박인 듯 서 있었다. 초점이 사라진 눈길을 허공에 둔 채 그녀는 낮게 중얼거렸다.

"언제나 네 쪽에서 날 찾았다고 억울해했었지? 그건 네가 나보다 더 외로움에 대한 참을성이 부족했기 때문이야. K, 이제 더 이상 전화 안 할 거니? 어때? 지금, 그 시간은 견딜 만하니?"

* 본문에 인용된 문구는 모두 잉게보르크 바흐만의 『삼십 세』(문예출판사, 1995)에서 가져온 것이다.

보는 자와 보이는 자

김대현 문학평론가

1. 해석의 원근법

　리얼리즘을 표방하는 소설에서 서사를 이끌어가는 역할로 관찰자를 내세우는 것은 상당히 효과적인 전략에 해당한다. 사건에 개입하여 행위를 지배하는 자를 주인공으로 내세운 근대 리얼리즘 소설들이 종종 선동적이라는 누명과 함께 투박하다는 비판을 받는다는 점을 고려한다면 더욱 그럴 것이다. 이러한 비판은 분명히 경청할 지점이 있다. 사건의 이해 당사자로서 주인공의 시선은 어떤 관점을 취한다 하더라도 객관성을 획득할 여지가 없기 때문이다. 소설 속 사건을 바라보는 주인공의 렌즈는 자신의 시선을 확대하는 돋보기에 가깝다. 이는 주인공의 행위를 관찰하는 읽는 이들에게 의도하지 않은 해석의 과잉을 불러오거나 렌즈 밖의 사물들에 대한 해석의 결핍을 불러온다. 세계를 더욱 자세히 들여다보려는 시도가 오히려 세계를 왜곡시키는 것이다.

하지만 관찰자가 이끌어가는 서사는 분명히 다르다. 사건의 해석에 있어 독자의 지위를 대리하는 관찰자는 언제까지나 사건에 개입하지 않으며 자신이 관찰하는 세계와 일정한 거리를 유지한다. 대상과의 일정한 거리는 관찰자의 심장을 차갑게 함으로써 그의 시선에 비친 세계를 효과적으로 계측하게 한다. 이러한 것을 가능하게 하는 것은 관찰자가 가지는 특권적인 지위에 있다. 미셸 푸코가 원형감옥의 구조를 간파한 것과 같이 관찰하는 자와 그에게 보이는 자 사이에는 서로가 확보한 시각장의 범위에 따라 권력적인 위계질서가 존재하기 때문이다. 계의 외부에 위치한 관찰자는 계의 내부에서 벌어지는 문제 상황에서 완벽하게 이탈해 있다. 관찰자는 곧 권력자다. 그럼으로써 관찰자는 계의 외부에서 구성원의 행위를 강제하는 무의식적인 규범들을 냉정히 관찰할 수 있다. 동시에 세계는 관찰자에 의해 객관적인 실체를 드러낸다. 읽는 이는 불필요한 감정의 동요 없이 관찰자가 제시하는 결과를 수용하면 그만이다.

그렇다고 해서 관찰자의 시선이 세계의 진정한 실체는 아닐 것이다. 객관적 시선이라는 말은 보통 이해관계 없는 제삼자의 시선을 말한다. 이 표현은 바꾸어 말하면 이해관계가 있는 당사자의 시선이 배제된 것을 의미한다. 이는 아이러니한 결과를 가져온다. 세계를 가장 가까이에서 직접 경험한 사람의 이야기가 참된 세계의 인식 과정에서 반영되지 않는 것을 뜻하기 때문이다. 결국 객관이란 말은 관찰자에 의해 정의된, 주관의 또 다른 이름에 지나지 않는다. 아니, 애초에 권력자의 시선을 신뢰하는 것 자체가 문제일 것이다. 세계가 구성원에게 부여한 문제 상황에서 자유로운 자가 그 문제의 본질을 탐색하는 것은 불가능한 주문에 해당하기 때문이다. "주관적인 화가는 애꾸눈이지만 객관적인 화가는 장님이다"라는 프랑스 화가 조르주 루오(Georges Rouault)의 언명은 회화에 관한 진술이긴 하지만 동일한 맥락에서 소설에 대응해도 절대적으로 참인 명제에 해당한다. 세계는 자신의 진정한 실체를 손쉽게 드러내지 않는 것이다. 리얼리즘 소설은 이런 딜레마와 싸우고 있다.

이런 의미에서 보면 마린의 첫 번째 소설집 『아메리칸 엘리』의 서사를 이끌어가는 인물들은 상당히 독특한 신분을 가진다. 그들은 작품이 제시하는 세계 안에서 문제 상황에 처한 사람들을 냉담한 시선으로 주시한다는 점에서 전형적인 관찰자에 해당한다. 하지만 그들이 이전 관찰자들과 다른 점은 그들 역시 세계를 벗어나지 못한 채 관찰하는 대상과 동일한 문제 상황에 빠져 있다는 점이다. 그들은 읽는 이에게 자신이 관찰하는 대상의 정보를 분석하여 전달하지만 자신의 문제 상황에 대해서는 전달하지 못한다. 때문에 그들의 상황을 해석하는 것은 결국 독자의 몫이 된다. 독자는 그들에게서 관찰자의 지위를 승계받는 것이다. 그럼으로써 그들은 타인을 관찰하는 동시에 관찰을 당하는 자가 된다. 서사를 이끌어가는 인물의 이런 이중적인 지위는 독자들의 '해석의 원근법'에 혼란을 선사한다. 관찰자가 주도하는 서사와 행위자가 주도하는 서사의 소실점은 분명히 상이하기 때문이다. 그리고 이 혼란에서 이전까지 드러나지 않았던 세계의 숨겨진 부분들이 새로이 생성된다.

2. 영원한 관찰자

먼저 「나쁜 꿈」으로 이야기를 시작해보자. 이 작품에 등장하는 사람들은 모두 한계상황에 다다른 사람들이며, '나'는 그들을 관찰하는 역할을 수행한다. '나'의 눈에 비친 그들의 모습은 내일을 살아갈 어떠한 희망도 없는 초라한 모습이다. 실직과 함께 임금을 체불당한 '아빠'는 채무자의 집에 들러보지만 아무 말도 하지 못하고 오히려 자신이 빚진 사람처럼 행동함으로써 자신과 자신의 가족에게 닥친 위기에 대한 어떤 해결책도 제시하지 못한다. 매번 영화 시나리오를 공모전에 보내도 번번이 낙선하는데도 영화에 대한 꿈을 버리지 않는 이웃집 사람 '에밀' 또한 '아빠'와 같은 처지에 있는 것은 마찬가지다. 이들의 가족은 이미 뿔뿔이 해체되었다. 하지만 그렇다고 해서 그들을 관찰하는 '나'의 처지가 마냥 괜찮은 것은 아니다. '나' 또한 공과금이 장기간 체납되어 단전단수가 이루어진 임대아파트에서 관리인의 호출을 피해 숨죽여야 하는 비참한 생활을 유지하고 있기 때문이다. 이는 관찰자가 곧 권력자라는 명제에 어긋나는 것처럼 보인다. 관찰자의 정의는 세계가 부과하는 문제 상황에서 해방된 사람을 의미하기 때문이다. 하지만 그런데도 '나'의 관찰은 분명히 권력의 속성을 내포한다. 작중의 '나'는 문제 상황에 처해 있는 다른 사람의 처지를 우월적인 지위에서 관찰하면서 그가 처한 위기를 망각할 수 있는 동력을 얻고 있기 때문이다. 그러기에 '나'는 자신이 관찰하는 자들의 고통과 아픔을 이해하면서도 그에 개입하지는 않는다. 어둠 속에서 공포에 떠는 '아빠'의 손을 계속해서 잡고 있다는 것은 '나' 또한 아빠와 동일한 층위에서 문제 상황에 직면해야 한다는 것을 의미하기 때문이다.

　　가장 좋아하는 것이 고통의 근원이 된다는 것, 거기서
　　부터 불행이 시작되는지도 모르겠다. 고통받지 않으려면
　　아무것도 좋아하지 말 것.(41쪽)

　현실에 대한 개입이 곧 고통이라는 것을 '나'는 본능적으로 깨닫고 있다. '나'는 아빠의 손을 뿌리친다. 결국 자신에게 닥친 한계상황을 극복하지 못한 '아빠'는 자살하고, 이를 통해 아이러니하게도 해체된 가족은 다시 복원된다. 하지만 '나'는 그에 대해 어떤 감정도 표시할 수 없다. 세상과의 거리를 유지하기로 결심한 '나'에게 '아빠'의 죽음과 가족의 복원은 "기쁜 일도 슬픈 일

도" 아니어야 한다. 관찰자의 품위를 상실하는 일은 그동안 지켜
오던 '나'의 자존심에 상처를 입히는 결과를 가져오기 때문이다.
"내게 남은 거라곤 사실 자존심밖엔 없다. 아무도 알아주지 않는
다 해도 그건 내게 꽤 중요한 일이"(47쪽)다. 따라서 '나'에게 닥
친 문제 상황은 단지 '나쁜 꿈'에 지나지 않으며 '나'는 어떤 상
황에 있든 언제까지나 일상을 살아가는 사람이 된다.

　「세차장 옆 미용실」에 나타난 구조 또한 「나쁜 꿈」과 유사하
다. '나'는 뇌출혈로 인해 쓰러진 아버지를 대신하여 동전 세차
장을 운영하며 살아가는 사람이다. 군에서 제대한 후 세상에서
"거절당하는 일에 익숙"해진 '나'는 세차장 한편에 있는 컨테이
너에서 "공포 영화"(174쪽)나 "만화책"(190쪽)을 보며 현실을 회
피한 채 시간을 보내고 있다. 그러던 어느 날, '나'는 미용실의
'그녀'를 인식하고 관찰하기 시작한다. "오른손에 가위를, 왼손
에 빗을"(178쪽) 드는 커팅의 기본적인 자세에서부터, 눈여겨보
지 않으면 도무지 알 수 없는 가위의 360도 회전까지. 그녀에 대
한 '나'의 관찰은 세심하다. "그녀와 함께 있으면 어쩐지 나도
그럭저럭 괜찮은 사람 같은 느낌이 들었"(182쪽)기 때문이다.
'나'는 '그녀'의 은근한 구애를 인지하지만 암묵적으로 거절한
다. 거절의 이유는 '나'가 컨테이너에 틀어박혀 공포영화를 즐기
는 것과 같다. 비명이 가득한 공포영화의 구조는 관찰자의 권력
을 해명하기에 최적의 구조를 지닌다. 스크린 속의 위험은 끔찍

하지만 그 위험은 관객에게 어떤 영향도 미치지 못한다. '나'는 자극을 원하는 것이지 위험을 바라는 것은 아니다. 이런 '나'에게 어딘지 위태로워 보이는 '그녀'의 구애를 받아들인다는 것은 '그녀'가 품고 있는 문제 상황에 개입하는 것과 동시에 '나'가 보유하는 냉철한 관찰자의 지위를 상실한다는 것을 의미한다. 때문에 '그녀'의 자살은 무언가 아쉽기는 하지만 '나'를 동요시키는 어떤 새로운 사건은 아니다. '나'는 '그녀'가 속한 세계의 외부에서 스스로의 자리로 귀환하면 그만이다.

「나쁜 꿈」과 「세차장 옆 미용실」의 서사를 이끌어가는 관찰자는 이런 면에서 서로가 완전한 동형 관계에 해당한다. 그들은 자신들의 일상이 온갖 위험으로 가득한 비상 상황이라는 것을 결코 인정하지 않는다. 자신들을 둘러싼 문제가 아무것도 해결되지 않았는데도 영원히 관찰자의 자리를 유지하려 하기 때문이다. 현실을 직면하는 것을 거부하는 그들은 언제까지나 '나쁜 꿈' 속에 잠들어 있다.

3. 고립된 사람들

선몽(善夢)과 악몽을 구별하는 기준은 아마도 현실에 대한 비교 우위의 여부에 있을 것이다. 아무리 괴로운 내용의 꿈이라도 잔혹한 현실로 귀환하는 것보다 낫다면 그것은 결코 악몽에 해당할 수 없다. 이런 기준이라면 외견상 '나쁜 꿈'처럼 보이는 것에 머물러 있는 것은 당사자에겐 생각보다 편안할 수 있다. 다음에 이야기할 작품들은 이런 심증에 대해 근거를 제시하고 있다.

「강」의 서사를 이끌어가는 인물들은 동일한 병원에서 각각 코마 상태의 환자를 보호하고 있는 '정'과 '수'이다. 작품은 시점의 반복되는 교차를 통해 서로가 서로를 관찰하는 모습을 보여준다. 그들은 서로가 서로를 가엾다고 생각하지만 자기의 처지도 마찬가지라는 것 또한 명확히 인식하고 있다. 둘의 상황은 마치 뫼비우스의 띠의 양면과 같다. 따라서 두 사람 사이에서 누구의 행로를 추적해도 그 양상은 사실상 동일하다. 하지만 조금 더 주제에 있어 명징한 의도를 이끌어내는 것은 아무래도 '수'의 이야기다. 여기서는 '수'의 이야기를 따라간다. 안 팔리는 무명 연극배우 시절의 '수'는 자신의 직업이 관객이 오기만을 기다려야 한다는 것에 불만을 가진다. 누군가를 기다려야 한다는 것은 그가 능동적으로 무언가를 진행할 수 없다는 것을 의미한다. 그래서인지 혼수상태에 빠진 아내의 병원비를 마련하기 위해 '수'가 찾은 새로운 직업은 쉴 틈 없이 누군가를 찾아다녀야 하는 보험설계사다. 하지만 이는 중대한 착오에 해당한다. '수'가 의도한 대로 일이 진행되려면 그의 결정이 아닌 다른 사람들의 "'예스' 사인"(76쪽)을 언제까지나 기다려야 한다는 규칙을 깨달았기 때문이다. '수'는 아내의 병원비를 마련하기 위해 지인들을 찾아다니지만 그 행위는 이미 예정된 거절로 돌아온다. '수'는 더 이상 아무것도 할 수 있는 것이 없다. 비교적 선호도가 높은 직업인 '병원'의 의사도 이 규칙의 예외는 아니다. 그러니까 말하자면 자신의 능동적인 의지로 세상을 살아갈 수 있는 사람은 어디에도 존재하지 않는다는 것이다. 세계를 움직이는 규칙을 인식하지 못한 보상은 비참하다.

> 수 역시 필패의 공식을 그대로 밟아나갔다. 저러다 나가떨어지고 말지.(……) 결국 포기할 텐데 시시한 건수 하나 들어줘봤자 잠시 폐장 시간을 연장하는 것뿐이라고 생각했다.(73~74쪽)

어느새 '수'는 파멸로 가는 일방통행로에 몸을 담고 있었던 것이다. 하지만 그는 자신이 가는 방향이 파국으로 향하는 비상구라는 것을 인지하면서도 계속해서 달려야 한다. 이는 애초부터 선택의 갈림길이 '수'에게 주어져 있지 않기 때문이다. '수'는 자신을 위기로 몰아넣은 필패의 시스템을 관찰하는 것에 그치지 않고 최선의 노력을 다해 그에게 닥친 문제를 해결하려 한다. 하지만 견고한 시스템은 결코 그것을 허락하지 않는다. 문제는 영원히 해결되지 않는다.

자신의 노력을 경주할수록 파국으로 향해가는 것은 「계곡에서 하룻밤」의 '영철' 또한 마찬가지다. 장기간 심해에서 벌어지는 각종 공사를 위한 잠수 업무에 종사하는 '영철'은 모처럼의 휴가를 위해 가족여행을 제안한다. 하지만 '영철'은 곧 당혹감에 빠진다. 자신을 제외한 다른 가족 구성원들이 각자 "자기만의 고치"(149쪽)에 들어가 각자의 제국을 선포하고 있다는 것을 깨달았기 때문이다. "깊은 바닷속에 들어갔을 때 느꼈던 고립감"(151쪽)을 육지에서도 느끼게 된 것이다. "휴가를 망치고 싶지는 않"(150쪽)은 '영철'은 가족들과 타협을 시도하지만 가족들의 반응은 한없이 냉담하다. 그들은 이미 제국의 평화를 위해 상호불가침 조약을 체결했으며 이 미묘한 긴장 상태에 적응을 하지 못한 '영철'만이 응답 없는 메시지를 사방으로 발신하고 있을 뿐이다. '영철'은 도무지 이런 상황이 이해되지 않는다. 단란한 가족의 행복을 위해 열심히 일한 결과가 가족의 이산으로 이어진 것이다. '영철'은 이전까지 자신이 속한 세계가 모범으로 제시하는 규범에 절대적으로 순응해왔으며 특별히 일탈한 삶을 살아오지도 않았다.

    하지만 다시 그 시절로 돌아간다면 그는 역시 같은 선
    택을 할 수밖에 없을 거라고 생각했다.(157쪽)

위 진술은 과거의 '영철'에게 어떠한 선택권도 없었다는 말과 동일한 의미를 지닌다. 그렇다면 문제는 「강」에서처럼 그의 행위를 강제한 시스템에 있을 것이다. '영철'은 자신의 행위를 강제하는 알고리즘을 신뢰했지만 그 당위를 확인한 적은 없다. '영철'의 머릿속엔 과대광고를 일삼은 자연휴양림처럼 "이건 사기다"(162쪽)라는 생각이 떠오를 만도 하지만 '영철'은 그에 항의하는 대신 타협을 시도한다. '영철'이 어떤 행위를 수행하든 세계에서 고립된다는 결론이 이미 내정되어 있었던 것은 이런 맥락에서 필연적이다.

「전화벨이 울릴 때」의 '미아'와 그녀의 남편 또한 마찬가지다. "이천 년대 대한민국에서 한가하다는 것은 무능과 동의어"(210쪽)라는 말을 듣지 않기 위해 미아는 자폐를 가진 자신의 아이를 방치하며 과외를 진행하고, 그녀의 남편은 새벽에도 쉬지 못하고 삼면이 유리로 된 편의점 박스에 고립되어 있다. 존재론적 고독에 빠진 '미아'에게 유일한 위안은 외부에서 걸려오는 'K'의 전화뿐이다. 하지만 그것도 잠시, 전화는 더 이상 울리지 않는다. 그들 모두는 언제까지나 혼자인 것이다.

정말 대단하지? 대단하다 못해 끔찍해. 뭘 위해 우린 이렇게 사는 걸까? 이러다 결국 어떻게 될까?"(214쪽)

보다 나은 삶을 살기 위한 노력이 그들을 끊임없이 이산시키고 고립시키는 것이다. 아무리 노력해도 파국을 향해 달려가는 그들의 현실은 어쩌면 '나쁜 꿈' 보다 잔혹하다. 그들이 꿈에서 깨어나려 하지 않는 것에는 이렇게 이유가 있다.

4. nomen est omen

영어로 '이름'을 뜻하는 단어 네임(name)의 기원이 된 산스크리트어 '나마(na-ma)'는 사물이 가지고 있는 정신적인 부분을 표상하는 것으로, 사물 고유에 내재된 변하지 않는 가치를 뜻한다. 이를 풀이하자면 이름은 단순히 여러 개체가 혼합된 불명확한 집단에서 특정 존재를 구별하는 기능에 지나지 않는 것이 아니라 세계 속에서 존재의 본질을 규명하고 있다는 것을 의미하고 있다.

"소박하다 못해 촌스럽게 느껴지는"(14쪽) 이름을 가진 「스무살」의 '영주' 또한 작중에서 관찰하는 사람의 지위를 차지하고 있다. 고등학교 졸업 후 시골에서 아르바이트를 하다 서울로 상경한 '영주'는 가끔 "예휘와 태영을 유심히 관찰하고 있는 자신을 발견"(21쪽)한다. 하지만 여기서도 이번 소설집의 특징이 어김없이 나타난다. '영주' 또한 관찰자가 가지는 어떤 중요한 속성이 결여되어 있는 것이다. 통상적으로 관찰자는 사건에 개입하지 않으며 외부에서 사건을 평가하는 사람을 의미한다. 그리고 당연하게도 평가는 권력자의 몫이다. 하지만 흥미로운 것은 작중에서 '영주'에게 관찰당하는 대상이 되는 '예휘'의 존재에 있다. "참 화려한 이름"(14쪽)을 가진 그녀는 "타인들이 자신을 어떻게 평가하든 상관없다는 자신만만함"(14쪽)을 가진다. 결국 '영주'는 관찰자를 자처함에도 '예휘'에 의해 사건에 비자발적으로 개입하게 된다. 이 장면은 특별한 의미를 가진다. 절대적으로 여겨지던 관찰자의 지위가 더 강한 외부의 힘에 의해 붕괴될 수 있다는 것을 시사하기 때문이다. 애초에 '영주'는 관찰자의 지위를 유지할 수 있는 권력을 보유하고 있지 않았다. 다시 말해 관찰자는 그 지위를 참칭하는 것으로 권력이 생성되는 것이 아니라 애초에 권력을 가진 사람이 관찰자가 되는 것이다. '영주'는 이를 이름의 차이에서 기원한 것인가 생각한다. 그것은 사실 올바른 추측이다. 중세의 귀족 가문이나 사대부들의 이름에서 보듯이 아주 오래전부터 작명의 규칙은 동서양을 막론하고 그가 보유한 신분을 외부에 표시하는 것이었기 때문이다. 그리고 이는 현대에도 변함없다. 시골에 사는 무능한 아버지와 고된 가사노동에 지친 어머니에 의해 대충 이름 지어진 '영주'와 이름에 염원을 담아 지은 '예휘'의 신분은 그들의 부모가 가진 사회적 신분에 의해 이미 내정되어 있었다.

표제작 「아메리칸 앨리」의 '문자' 또한 이름이 지어짐과 동시에 세계 속에서 이미 자신의 신분이 고정된 인물이다. "여자에겐 초등학교 졸업이면 충분하다고 여기는 곳"(102쪽)에서 태어난 그녀의 이름 '문자'는 별다른 의미 없이 무성의하게 지어진 이름이다. '문자'를 둘러싼 이러한 배경은 그녀의 존재 또한 세계에서 별다른 의미를 차지하지 않으며, 앞으로 그녀의 운명이 쉽게 예측된다는 것을 표상한다. 하지만 "남달리 영민"(102쪽)했던 '문자'는 집에서 가출한 후 "공장살이"(102쪽)를 통해 자신의 운명을 바꾸기 위해 여고에 진학한다. 하지만 세계는 그리 만만하지 않다. '문자'는 끝내 자신의 이름이 자신에게 부여한 운명을 극복하지 못하고 학교로 되돌아가지 못한다.

그랬다면 문자가 아니라 문희였을 것이다. 문희였다면 그녀의 운명이 조금은 달라졌을까. (93쪽)

마을의 다른 여자아이들처럼 자신에게 부여된 운명에 순응하지 못한 대가는 크다. '문자'는 기지촌으로 흘러들어가 '주리'라는 이름을 가진 윤락녀가 된다. '주리'가 된 그녀는 얼마 동안 이국의 사내들에게 새로운 세계를 볼 수 있을 것 같은 희망을 얻기도 한다. 하지만 부질없는 기대였을 뿐이다. 아무리 은폐하려 해도 그녀의 본질은 '주리'가 아닌 '문자'이기 때문이다. '이름이 곧 (운명의) 징후(nomen est omen)'라는 라틴어의 오랜 격언처럼 '문자'라는 이름이 지어진 순간부터 그녀의 운명은 이미 예정되어 있었다. 결국 '문자'는 "그녀가 이문자든 주리든 달라지는 건 아무것도 없음을 깨닫게 되었고"(99쪽), 홀로 남은 자신의 운명에 대해 승인한다. 그리고 이러한 승인은 세계에 대한 그들의 패배를 승인하는 것과 동일하다. 관찰자 역시 세계가 그들에게 부여한 신분 중 하나에 불과하기 때문이다.

5. 비상(非常)의 일상

『아메리칸 앨리』에서 서사를 이끌어가는 인물들은 이렇게 각자 공간에 갇혀 고립되어 있다. 타인에게 아무런 영향을 미치지 못한다는 의미에서 그들 모두는 관찰자에 해당한다. 문제는 그들의 관찰이 자발적인 것이 아니라 타의에 의해 그 자리에 고정되어 있다는 점이다. 그들은 세계의 본질을 탐구하고 평가하기 위해 그 자리에 있는 것이 아니라, 세계의 강제에 의해 그 자리로 밀려난 사람들이다. 그곳에서 그들이 할 수 있는 것은 오로지 지켜보는 일뿐이다. 문제를 가진 인물들은 각자의 자리에서 파국을 향해 간다. 그들은 그에 대해 어떤 대안도 평가도 제시하지 못한다. 그저 무기력하게 바라볼 뿐이다. 소설은 그렇게 종료한다.

마린 소설의 미덕은 여기에 있을 것이다. 『아메리칸 앨리』는 비자발적 관찰자들의 몰락을 통해 읽는 이들로 하여금 세계가 은폐하고 있는 은밀한 사항들을 발견하도록 한다. 비상 상황에 처해 있음에도, 그것을 일상적인 것으로 착오하는 현대인의 망각을 지적하는 것이다. 그와 동시에 『아메리칸 앨리』는 작중 인물에게 관찰자 지위를 승계받은 '읽는 이'의 해석의 원근법에 자

극을 주면서, 읽는 이의 일상 또한 비상 상황이라는 것을 경고하
고 있다.

올해 좋았던 일을 세 가지쯤 꼽는다면

기차로 국경을 넘은 일, 아들이 대학생이 된 것 그리고 「작가의 말」을 쓰고 있는 지금 이 순간이다. 무수한 불운들, 연민과 환멸의 순간들을 몇 개의 좋았던 기억으로 견뎌나가는 게 삶일지도 모르겠다.

어쩌다 보니 뒤늦게 이 길에 들어섰고, 용케 여기까지 왔다. 책을 만들어주신 삶창 식구들께 감사드린다. 이토록 살벌한 네오 리버럴의 시대에 쉽지 않은 결정이었을 거라고 생각한다.

김병헌氏, 김찬君, 말 안 해도 늘 고마워하고 있다는 걸 알았으면 좋겠다. 더 열심히 할 거란 말은 못하겠다. 아마 하던 대로 살살, 느릿느릿 가게 될 것이다.

가을밤이 깊어간다. 모두의 잠자리가 편안했으면 좋겠다.

2013년 초겨울 마린